TROISIEME PARTIE.

MON PÈRE, D'APRÈS L'ÉTAT DU PROCÈS, NE POUVAIT PAS ÊTRE BIEN JUGÉ.

S'IL était une Loi qui parût prise dans la nature, approuvée par la raison, précieuse pour l'humanité, c'était celle qui voulait que tout Accusé fût jugé par ses Pairs. On sait combien l'esprit de Corps est voisin de l'esprit de parti ; & l'on a vu plus d'une fois jusqu'où pouvaient conduire ces rivalités d'état, inséparables de la faiblesse humaine. On ne s'avoue point ce motif secret : mais il existe avant qu'on songe à s'en garantir ; & souvent l'homme le plus honnête qui croit en être exempt, s'il descendait au dedans de lui-même, serait étonné de le trouver au fond de son cœur.

L'homme coupable, jugé par ses Pairs, n'avait pas plus de moyens pour se soustraire à la peine qui lui était due. Son Corps tout entier était intéressé à ne pas souffrir un Membre corrompu ; & rien ne pouvait le dérober à ces preuves, *plus claires que le jour*, les seules admissibles, lorsqu'il s'agit de constater un crime & d'infliger une peine (1).

---

(1) Si l'on m'oppose l'exemple que j'ai cité du Chancelier Poyet,

A *

L'homme innocent, jugé par ses Pairs, avait plus de moyens de défendre son honneur. Il comptait, dans ses Juges, autant de témoins de ses actions, autant de garans de ses principes. Il avait passé sa vie sous leurs yeux; & la longue connaissance qu'ils avaient de sa conduite, de son attachement à ses devoirs, de sa fidélité à les remplir, le lavaient d'avance dans leur esprit, des imputations de la calomnie.

Quelles que soient les raisons qui ont fait déroger à cette loi si ancienne & si universelle, pour la distribution générale de la Justice; la nécessité l'a fait maintenir dans des cas particuliers, qui n'étaient pas susceptibles de changement. La Puissance qui a constitué des hommes pour juger tous les états, & une Puissance plus ancienne encore, celle de la Nature, leur ont fixé des bornes où finit leur ministère, & où commence l'abus d'autorité.

---

je répondrai que sans doute il n'est pas de Législation qui n'ait ses inconvéniens, puisque toutes sont l'ouvrage des hommes; mais que la meilleure est celle qui a les inconvéniens les moins dangereux. Or peut-il en être de moins dangereux que ceux qui tendent à un peu plus d'indulgence & de modération dans les peines, pourvu que cette indulgence & cette modération ne soient pas le partage exclusif d'un certain nombre d'individus, pourvu que tout ne soit pas de faveur pour les uns, & de rigueur pour les autres? C'est le parallèle seul qui révolte. Que le Chancelier Poyet ait eu pour lui cette faveur, personne ne songerait ni à la lui envier, ni à la reprocher à ses Juges. Mais que la portion de cette faveur, qui appartenait au Général Lally innocent, ait été versée toute entière sur le Chancelier Poyet coupable; & que la portion de rigueur qui était due au Chancelier Poyet coupable, ait été répartie toute entière sur le Général Lally innocent; voilà ce qui soulève, voilà ce qui tout à la fois fait trembler & frémir.

Il y a donc, pour des Juges, deux fortes d'incompétences : l'une qui porte fur les lieux & fur les perfonnes ; l'autre qui porte fur la nature même des chofes. Ils peuvent être relevés de la premiere par l'autorité : la feconde fubfifte éternellement. L'autorité la plus étendue ne peut que ce qui fe peut ; elle n'a pas la faculté de changer les objets. La Toute-Puiffance Divine elle-même ne peut faire qu'une chofe foit autre chofe que ce qu'elle eft. Ainfi, un délit judiciaire fera toujours un délit judiciaire, & un délit militaire ne fera jamais qu'un délit militaire. Ainfi, il ferait tout à la fois tirannique & abfurde d'affembler un Confeil de Guerre, pour juger fi un Magiftrat a bien rempli fes fonctions ; & des Magiftrats affemblés pour juger fi un Général d'Armée a bien fait la guerre, offriraient le même caractere de tirannie & d'abfurdité.

Dans le Procès de l'Inde, le Parlement de Paris réuniffait d'abord tous les genres d'incompétence. La preuve, c'eft qu'il lui a fallu des Lettres d'attribution pour en connaître.

Ces Letttres étaient tout à la fois la fource & la mefure de fon pouvoir. Il n'y a perfonne qui ne fache, qu'un Tribunal conftitué Juge par Lettres d'attribution, ne peut connaître que des délits qu'elles mentionnent.

Or, les deux feuls délits mentionnés dans celles qui ont conftitué la Grand'Chambre du Parlement de Paris Juge de mon pere, en premiere inftance, étaient les deux feuls dont elle pût connaître, celui de *concuffion* & celui de *haute trahifon*.

A côté de ces deux délits pofitifs, les Lettres d'attribution mentionnaient une allégation vague *d'abus d'autorité*, & elles la répétaient d'après cette premiere plainte *vague*, fur laquelle les témoins du Châtelet difaient *qu'il*

II. Pouvoir du Parlement de Paris, dans le Procès de l'Inde.

Origine & bornes de ce pouvoir.

A 2

leur était impossible de s'expliquer. Je pourrais, moi, me dispenser de la répéter ici, parce qu'elle ne doit pas plus trouver place dans une Plainte que dans un Arrêt; parce que de même qu'il faut un crime prouvé pour punir, il faut un crime constant pour poursuivre; parce qu'une allégation aussi peu circonstanciée, susceptible d'un aussi grand nombre d'interprétations, n'offre certainement pas un crime constant. Mais comme ce langage ne serait peut-être pas universellement entendu, je renonce à le parler, & je m'en tiens à celui qui est écrit. Je me contente de renvoyer à ce que j'ai dit, dans la discussion de l'Arrêt, sur la maniere dont il faut entendre ici ce mot *abus d'autorité* : ce point une fois convenu, je reconnais pour chef d'accusation ce qui n'en est pas un ; & dans les Lettres d'attribution qui commettaient la Grand'Chambre du Parlement pour Juge du Procès de l'Inde ; dans la partie de ces lettres qui concernait mon pere, je compte trois délits mentionnés, *concussion, haute trahison, abus d'autorité.*

Objets de ce pouvoir.

C'étaient donc-là les trois points de vue qui devaient fixer l'attention des Juges commis. Mon pere avait-il volé la Compagnie ou les Particuliers ? Mon pere avait-il vendu Pondichery ? Mon pere avait-il abusé de son autorité pour commettre quelque crime positif ? Voilà ce que la Commission avait à examiner, voilà sur quoi elle avait à prononcer : là se bornait son pouvoir.

Accroissement de ce pouvoir.

Si quelque chose devait l'empêcher de perdre de vue le terme de ce pouvoir, c'était l'accroissement successif qu'on lui avait donné, à mesure que les accusations s'étaient accrues & s'étaient succédées.

Mon pere avait été dénoncé par ses ennemis, & arrêté pour crime de *concussion*, après avoir le premier articulé ce même crime contre ces mêmes ennemis : des Lettres Patentes avaient autorifé la Grand'Chambre du Parlement à inftruire *des concuffions commifes dans l'Inde.*

Le projet une fois formé de ne pas inftruire les concuffions commifes par fes ennemis, & l'impoffibilité une fois reconnue d'en prouver une feule commife par mon pere, ces mêmes ennemis avaient fubftitué à leur premiere accufation celle de *haute trahifon* & d'*abus d'autorité* : de fecondes Lettres - Patentes avaient autorifé la Grand'Chambre du Parlement à inftruire de la *haute trahifon* & de l'*abus d'autorité.*

Cette nouvelle accufation démontrée, en auffi peu de tems, auffi fauffe que la premiere ; la rage acharnée de ces mêmes ennemis fe rejette fur fa conduite militaire, & prétend y trouver des crimes : pour cette fois, il n'y a plus de Lettres-Patentes, il ne pouvait y en avoir ; le pouvoir de la Commiffion était fini ; mon pere était innocent pour elle ; eût-il été coupable fur ce troifieme chef, c'était à d'autres Juges à prononcer : heureux de n'avoir pas eû à figner la mort d'un de leurs femblables, des Magiftrats pouvaient-ils envier à un autre Tribunal le trifte droit de faire couler du fang ?

Fin de ce pouvoir.

Alors s'opere une métamorphofe auffi étrange qu'imprévue. Une Commiffion de judicature fe trouve tout-à-coup transformée en Cour martiale. Un nouveau Procès commence, fous prétexte d'une *liaifon intime* avec l'ancien. Une nouvelle accufation fe produit fous le titre de *Plainte par addition* ; & quels font les objets de ce nouveau Procès ? quels font les délits de cette nouvelle Plainte ? Les voici.

III. Métamorphofe du Procès.

Nouvelle Plainte fur faits militaires, 6 Juin 1764.

C'eft *que le fieur de Lally a entrepris fans réflexion d'aller faire contribuer le Roi de Tanjaour.*

C'eſt qu'au lieu d'y avoir un détachement qui eût été ſuffi-ſant, il partit avec toute ſon Armée, ſans prendre aucune meſure.

C'eſt que l'expédition fut très-malheureuſe par la faute du ſieur de Lally, qui ayant emmené à ce ſiege toutes ſes Trou-pes, n'en laiſſa pas à Pondichery, ni ſur la route, pour aſſu-rer les convois.

C'eſt qu'il fut obligé de lever honteuſement le ſiege.

C'eſt que le ſieur de Lally, en marchant ſur Madras, affecta de laiſſer derriere luï une Fortereſſe, d'où les Anglais le harcelaient.

C'eſt qu'à ſon arrivée à Madras, au lieu de l'attaquer par le côté le plus faible, il ſe jetta ſur la Ville noire.

C'eſt qu'à l'affaire de Madras, le ſieur de Lally ne don-na aucun ordre, & que cette journée coûta beaucoup de monde.

C'eſt que le ſieur de Lally n'a voulu donner que vingt pie-ces de canon pour Madras.

C'eſt que le ſieur de Lally fit battre en breche Madras d'un côté qui n'était pas praticable.

C'eſt que les Anglais n'ont eu la faculté de s'emparer li-brement de Vandavachy & Carangouly, qu'à la faveur de la diſperſion des Troupes; le ſieur de Lally ayant envoyé, entr'autres, huit cens Blancs, ſous la conduite du Chevalier de Crillon, pour reprendre Cheringham qu'il avait fait éva-cuer en allant à Tanjaour.

C'eſt que la perte de la bataille de Vandavachy fut occa-ſionnée par la diviſion que le ſieur de Lally avait faite mal-à-propos de ſes forces.

C'eſt qu'à cette même bataille, le ſieur de Lally avait maſqué ſon artillerie qui ne lui ſervit de rien, ſans même faire uſage de ſa Cavalerie.

C'eſt que le ſieur de *Lally* s'eſt retiré à *Pondichery*, où dans les jardins des environs ; & que le ſieur *Alen*, *Officier de ſon Régiment*, à qui il avait donné le commandement de *l'Armée*, ſe repliait continuellement.

C'eſt que ſi le ſieur de *Lally* avait voulu faire des diſpoſitions pour ſe défendre dans les limites, les *Ennemis* auraient perdu un monde infini avant d'y pénétrer, de ſorte que *l'Armée* ſéparée en petits poſtes, ſans communication & hors de portée de ſe ſecourir, fut repliée en un inſtant, & reçut ordre de rentrer dans la *Place*, malgré LE REFUS qu'en avaient fait les *Troupes* juſqu'à ce moment, &c. &c. &c.

Ce ſont enfin trente-ſix Chefs, tous de la même nature, tous relatifs au ſervice, aux opérations, à la diſcipline militaires.

Dès la premiere Plainte, on avait déjà prélude en ce genre ; & parmi cette infinité de Chefs, dont on ne pouvait pas ne pas ſentir la frivolité & l'abſurdité, on en avait inféré pluſieurs relatifs à la conduite militaire, comme pour ſe ménager une reſſource en cas que les autres vinſſent à manquer. Il eſt même deux de ces Chefs portés dans la premiere Plainte, qui ſe ſont reproduits dans la ſeconde, mais ſous des couleurs & avec des circonſtances diamétralement oppoſées. Et pour ne manquer aucune occaſion de faire voir l'incertitude éternelle des accuſateurs ; l'inéxiſtence abſolue de délit ; enfin la réſolution formée d'en trouver un quelconque au prix des contradictions les plus révoltantes ; je me vois encore obligé, en paſſant, de rapprocher les deux Plaintes ſur ces deux Chefs.

Le premier eſt relatif à l'expédition de *Tanjaour* ; &

8

ce qui réfulte du parallele des deux Plaintes, c'eft que mon pere vendait aux Hollandais, dans le Tanjaour, des vivres qui étaient pris par l'Ennemi fur la route de Pondichery à Tanjaour : c'eft que mon pere était caufe, que les grains qu'il vendait dans le Tanjaour, n'arrivaient pas au Tanjaour. Voici le texte lui-même.

Irᵉ PLAINTE du 9 Avril 1764.	IIᵉ PLAINTE du 6 Juin 1764.
Que la retraite de notre Armée du Tanjaour, n'a été occafionnée que par le défaut de vivres, QUOIQU'IL Y EN EUT UNE TRÈS-GRANDE QUANTITÉ ; attendu qu'ils SE VENDAIENT fous main aux Hollandais.	*Que l'expédition du Tanjaour fut très-malheureufe, principalement par la faute du fieur de Lally, qui ayant emmené à ce fiege toutes fes Troupes, n'en laiffa pas à Pondichery, & SUR LA ROUTE POUR ASSURER LES CONVOIS ; qu'enfin MANQUANT DE VIVRES, il fut obligé de lever le fiege.*

J'ai eu beau chercher; je n'ai jamais trouvé qu'un feul raifonnement qui pût expliquer une pareille contradiction, & ce raifonnement, le voici : » ou il y a eu des vivres » dans le Tanjaour, ou il n'y en a point eu. S'il y en a » eû, nous dirons que M. de Lally les a vendus. S'il n'y » en a point eû, nous dirons que M. de Lally eft caufe » qu'ils ne font point arrivés. «

Le fecond Chef, plus frappant encore, regarde cette prétendue inaction des Maiffouriens, avec lefquels, dit-on, on, mon pére eût dû culbuter l'Armée Anglaife. Nous avons paffé en revue les vingt-quatre témoins qui ont dépofé fur cette affaire des Maiffouriens ; nous en avons entendu trois accufer mon pere d'avoir laiffé mourir de faim ces Auxiliaires, & douze lui reprocher de les avoir nourris aux dépens de la Place : mais du moins ce n'étaient pas les mêmes individus qui foutenaient ainfi les deux contraires. Eût-on jamais penfé que ce prodige d'inconféquence & de contradiction fût réfervé à un acte du Miniftere public ? Voici les deux Plaintes.

Ire PLAINTE.

Qu'au mois de Juillet 1760, le fieur de Lally FIT SUBSISTER, DES GRAINS DE L'APPROVISIONNEMENT DE PONDICHERY, L'ARMÉE MAISSOURIENNE, campée fur les glacis, à laquelle il n'était rien dû, n'étant venue, fuivant fon traité, que pour fecourir & approvifionner la Ville.

IIe PLAINTE.

Que le fieur de Lally a non-feulement défendu aux Maiffouriens venus pour faire lever le fiege aux Anglais, de les attaquer, mais les a encore empêché d'intercepter leurs convois ; de forte qu'après les avoir amufés, & REFUSÉ DES VIVRES QUI ÉTAIENT ALORS EN ABONDANCE DANS PONDICHERY, ils fe virent obligés de partir fans avoir rendu aucun fervice.

J'ai encore cherché à expliquer cette nouvelle contradiction, & je n'ai encore pu trouver que le même raifonnement : » ou les Maiffouriens ont été nourris par la Pla-» ce, ou ils ne l'ont pas été. S'ils l'ont été, nous ferons

B

» un crime à M. de Lally d'avoir facrifié à des étrangers
» l'approvifionnement de Pondichery. S'ils ne l'ont pas été,
» nous ferons un crime à M. de Lally d'avoir refufé des
» vivres à des Auxiliaires, qui auraient fait lever le fiege
» de Pondichery. «

Le moyen, d'après cela, que M. de Lally ne fût point
coupable ?

N'étendons pas plus loin cette digreffion, qui fans
doute ne paroîtra pas inutile, & revenons à la métamorphofe des Juges civils en Juges militaires.

On me dira fans doute, que ces trente-fix Chefs dont
je viens de parler, ne font pas les feuls que préfente la
Plainte par addition; & qu'elle en offre plufieurs autres
relatifs aux objets directs du Procès, foit celui de *concuffion*, foit celui de *haute trahifon*, foit enfin celui d'*abus
d'autorité*.

En effet, je vois dans cette feconde Plainte un article
fur la nomination du Nabab Rajazaeb, & fur le traité dont
elle fut, dit-on, le fruit; un fur la défenfe donnée par
mon pere de tirer des Lettres de change, & de rien payer
fans fon attache; un fur l'argent qui paffait dans la caiffe
militaire; un fur la création, l'augmentation, le difcrédit
& les abus des billets de caiffe; un fur les préfents &
contributions reçus *fans doute* par mon pere, puifqu'il a
donné de l'argent aux Soldats pour appaifer la révolte;
un fur les mauvais traitements & menaces employés contre les Officiers, la Garnifon, & les Bourgeois; un fur la
correfpondance entretenue avec les Anglais.

Mais en retournant à la premiere Plainte, j'y retrouve
cette même nomination de Rajazaeb, & ce même traité;
cette même défenfe concernant les lettres de change, &

les paiements ; cette même confommation de la caiffe militaire ; ces mêmes abus des billets de caiffe ; ces mêmes
éxactions & contributions , prouvées de même par l'argent donné aux Soldats lors de la révolte ; ces mêmes
mauvais traitements , menaces , voies de fait ; cette même correfpondance avec les Anglais.

Au contraire , je ne retrouve dans cette première Plainte aucune des allégations que renferme la feconde , fur
l'attaque de Madras , fur les difpofitions de la bataille de
Vandavachy , fur la divifion des Troupes , fur la prife
d'Arcatte , fur celle de Divicottey , fur celle de Permacoul , &c. Or voici comme je raifonne.

Tous les Chefs de la feconde Plainte , relatifs à la *concuffion*, à la *haute trahifon*, à *l'abus d'autorité*, étaient déjà portés dans la première : donc cette feconde Plainte
était abfolument inutile par rapport à ces Chefs.

Les feuls Chefs nouveaux dans la feconde Plainte , font
ceux relatifs aux *objets militaires* : donc cette feconde
Plainte ne frappe réellement que fur les *objets militaires*.

Donc , d'après cette double conféquence qui eft fans
replique , il eft démontré que le feul but de la nouvelle
Plainte a été de changer toute la face du Procès ; & de
fubftituer , au gré des délateurs , à deux accufations avor-
tées , une troifieme accufation *purement militaire*. On ne
peut pas faire un feul pas dans le Procès , fans rencon-
trer une preuve de plus à l'appui de cette vérité.

La nouvelle Plainte une fois confacrée par un Arrêt, les
nouvelles informations ne roulent prefque plus que fur les
objets militaires. Tous les témoins à l'envi s'érigent en Juges d'opérations, que les trois quarts ignorent par état;
que le refte défigure par ineptie , ou calomnie par ven-

Informations
fur faits militai-
res.

geance. Tous croient avoir fubi la même métamorphofe que le Procès. Le Légifte, le Marchand, le Commis, le Domeftique même, fe croient transformés en hommes de guerre. L'infâme pillard, le vil poltron, couverts d'un uniforme qu'il ont déshonoré, fe croient transformés, l'un en Général confommé, l'autre en Soldat intrépide. Tous difcourent, tous critiquent, tous décident, tous croient en avoir acquis les moyens, ainfi que le droit, par la nouvelle Plainte. Plufieurs l'avaient même devancée, & l'on peut voir à ce fujet les dépofitions lues au Châtelet. Enfin, toutes les informations recueillies contre mon pere, compofent quatre volumes, & un feul de ces volumes renferme trente-deux cahiers : qu'on en retranche tout ce qui regarde la partie militaire, je mets en fait que le Procès fe réduit à moins de trente pages, & je me charge, fi l'on veut, de l'opération.

Interrogatoires fur faits militaires.

Surviennent les interrogatoires. Il reftait encore, dans cet inftant, un efpoir pour l'innocence & une reffource pour la vérité. Un éxemple récent paraiffait même devoir garantir ce retour de l'ordre.

Sous le miniftere du Maréchal de Belle-Ifle, un Confeil de guerre s'était tenu, qui dans les informations foumifes à fon Jugement, avait rencontré tout à la fois & des chefs militaires, & d'autres chefs entiérement étrangers à cette partie. La Cour avait envoyé ordre de juger la totalité. Tous les Membres du Confeil de guerre avaient député au Miniftre le Chevalier de Mehegan, un de leurs collégues, pour lui repréfenter qu'ils n'étaient pas compétents. Ils n'avaient interrogé les accufés que fur la partie militaire, ils n'avaient prononcé que fur la partie militaire, & ils avaient renvoyé l'autre pardevant les Tribunaux ordinaires.

Le Juge chargé de rédiger les interrogatoires de mon père, pouvait de même, pesant tout au poids de l'équité, de la sagesse & de la raison; écartant du Procès cette infinité de chefs, tous étrangers à ses pouvoirs, à son ministere, à ses fonctions, à ses connaissances; rappeller ce Procès à sa véritable nature, le réduire à sa juste valeur. C'était, il est vrai, le réduire à peu près à rien : Mais encore une fois, regrette-t-on de n'avoir pas un supplice à ordonner ? Ceux pour qui c'est une nécessité de condamner leurs semblables, s'en feroient-ils un besoin? que dis-je ! s'en feraient-ils un plaisir ? L'éclat d'un Procès criminel y ferait-il trouver des charmes ? Enfin, parce qu'un sang est plus illustre, se disputerait-on à qui le répandra ; & dans la mort d'un homme, éxisterait-il une jouissance pour la vanité d'un autre ?

Ne cherchons pas à pénétrer les motifs. Le fait est, que le plan adopté par la nouvelle Plainte est suivi & développé dans les interrogatoires. Le fait est, que dans ces interrogatoires, on accumule cent vingt-neuf articles, tous relatifs à des objets militaires ; tous exigeants des connaissances militaires, de l'expérience militaire, pour les discuter & pour les juger. La plupart des autres articles sont, ou étrangers à la conduite de mon pere, ou absolument indifférents. Le petit nombre de ceux qui ont trait aux objets réels du Procès est ridicule. Les trois chefs les plus forts sur la haute trahison, ce sont *ces deux fusées qui ont détourné l'Ennemi d'escalader la Ville le 7 ou 8 Octobre 1760, & qui par conséquent ont rendu un grand service à la Ville*: Interrog. 145. 146. c'est cette *présomption de droit*, & cette *regle établie pour l'appliquer*, suivant lesquelles l'Accusé *A PU communiquer*, & les autres *ONT DU* dérober aux Anglais la connaissance des instructions : c'est enfin, *une commune renommée propre à faire* Ibid 141.

Ibid 199.
DOUTER de la droiture & de la fidélité de l'Accusé. Le seul chef de concussion articulé, ce sont les prétendues sommes tirées de Rajazaeb pour le faire Nabab ; & la preuve que Ibid. 44. ce *Rajazaëb a donné de l'argent à l'Accusé, c'est que Raja-zaëb en a offert à d'autres.* Quant aux abus d'autorité, nous avons vu les articles rangés sous ce titre, & nous avons vu qu'il n'y a pas un seul de ces articles qu'il soit même possible de désigner par ce titre. Il est aisé de sentir combien peu l'on croyait à de pareilles allégations, à l'instant même où on les produisait. Aussi ne s'en occupe-t-on pas réellement. Aussi l'objet du Procès n'en est-il pas la matiere. Sur quoi l'on s'appuie, sur quoi l'on s'étend, sur quoi l'on s'acharne, ce sont les cent vingt-neuf articles militaires.

Mon pere ré-clame contre l'incompétence : Interrog. 30, 91, 91, 186.
Mon pere étonné d'un renversement si étrange, témoigne sa surprise. Il s'éleve contre l'incompétence de son Juge. Il le rappelle aux Lettres-Patentes objet de sa mission. Il s'écrie, *qu'il n'est pas fait mention, dans ces Lettres, de sa conduite militaire ; que tous ces faits ne regardant ni déprédation, ni concussion, ni haute trahison, c'est au Roi lui seul qu'il peut être responsable... Que si le soupçon de haute trahison n'est fondé que sur sa conduite militaire, l'examen de cette conduite exige des formes militaires... Qu'enfin il est des Ordonnances du Roi, qui spécifient les délits sujets aux Jurisdictions militaires, & ceux dépendants de la Justice des Cours.* On lui remontre qu'il s'abuse, *s'il pense que sa conduite, DE QUELQUE NATURE QU'ELLE AIT PU ÉTRE, ne soit pas soumise à l'examen du Parlement,* c'est-à-dire de la Commission. *Que le Roi a confié au Parlement,* c'est-à-dire à la Commission, *TOUTE SON AUTORITÉ. Qu'enfin il doit rendre au Parlement,* c'est-à-dire à la Commission, *le même compte qu'il croit*

devoir rendre au *Seigneur Roi lui-même*. On fait plus ; on va jufqu'à *le menacer, fur ce qu'il prétend décliner l'autorité du Parlement*, c'est-à-dire de la Commiſſion. Mon pere menacé par ſon Juge, & par ſon Juge qui ſe porte pour dépoſitaire de *toute l'autorité Royale*, répond ſur ſa conduite militaire, *en ne ceſſant jamais de réclamer un Conſeil de Guerre*, & en ne ceſſant jamais de le réclamer en vain. Dès-lors, IL NE POUVAIT PAS ÊTRE BIEN JUGÉ. Dès-lors, même avec la plus grande envie d'être juſtes, ſes Juges ne pouvaient plus l'être ; parce qu'ils n'étaient pas inſtruits ; parce que dans une accuſation purement militaire, ils ignoraient également & les formes & le fond ; parce qu'une barriere inſurmontable ſépare la Juſtice militaire de la Juſtice civile ; parce que les Ordonnances du Roi défendent à l'une d'entreprendre ſur l'autre ; parce que ce qui eſt crime ſelon l'une n'eſt pas crime ſelon l'autre ; que les témoins de l'une ne ſont pas les témoins de l'autre ; parce qu'enfin l'on ne peut pas juger ce que l'on n'entend pas.

Le plus léger attentat contre la propriété, contre la vie d'un citoyen, eſt un crime digne d'être puni ſévérement, ſuivant toutes les Loix civiles. Tous les jours, même en temps de paix, des Commandants font raſer toutes les maiſons qui nuiſent aux fortifications : tous les jours, ils immolent de leur main un ſujet qui ſouvent n'eſt pas le plus coupable de ceux qui l'environnent, mais dont la mort doit être prompte pour être utile.

En 1726, un ſoulevement général éclate dans toutes les Troupes. Les Soldats refuſaient le pain de munition, ils menaçaient de tout ſaccager. On les aſſemble ; des Officiers vont eux-mêmes leur préſenter ce pain ; ils brûlent

Il eſt menacé par ſon Juge : Correſpondance ſecrette.

Il répond en proteſtant : Requête d'atténuation.

Impoſſibilité de le bien juger.

IV. Différence du fond entre les deux Juſtices civile & militaire.

la cervelle au premier qui le refufe ; ils en déciment d'autres. Ces Officiers n'avaient point d'ordres ; ils ne faifaient point de Procès à ceux qu'ils puniffaient de mort : fuivant les Loix civiles, c'étaient des affaffins.

En 1709, le Maréchal de Berwick eft envoyé pour couvrir les frontieres de la Provence & du Dauphiné. Il fe trouve tout-à-coup fans argent, fans munitions de guerre, fans vivres. Il emploie la force pour s'en procurer. Il fait enlever une voiture d'argent qui allait de Lyon au Tréfor Royal. M. Defmarais crie : le Maréchal répond *qu'il faut faire fubfifter une Armée qui a le Royaume à fauver*, & il ne rend rien. Suivant les Loix civiles, le Sauveur de la France était un voleur de grands chemins.

Pendant le fiege de Prague, les Maréchaux de Broglie & de Belle-Ifle, enfermés dans cette Place conquife, levent des contributions fur les Habitants pour payer la garnifon : ils leur ordonnent à tous de porter leur vaiffelle à la monnaie, fous peine de confifcation & d'amende : ils les forcent tous de livrer leurs fourages : enfin, ils établiffent une diftribution des vivres, à raifon d'une ration par homme. Sous le commandement du Comte de Grammont en Franche-Comté, la garnifon de Befançon preffée par la détreffe, quoiqu'en temps de paix ; manquant de nourriture, abandonne fes Officiers à l'inftant de la parade, & s'écrie *qu'elle va chercher du pain*. Le Comte de Grammont l'arrête, mande fur le champ les Officiers de Ville, & leur fignifie *qu'il lui faut trente mille francs à cinq heures précifes*. On veut fe défendre. Il joint la menace à l'ordre. A cinq heures, la fomme entiere lui eft portée. Le Roi approuve & les Généraux de Prague & le Commandant de Befançon. Les uns avaient fauvé une

ville,

ville, les autres avaient évité une révolte. Suivant les
Loix civiles, ils euffent été déclarés *coupables d'exactions
envers les fujets du Roi & les étrangers.* Mon pere qui en
avait moins fait qu'eux, & qui avait plus de pouvoir
qu'eux, l'a été.

En 1691 , lorfque le Viceroi de Catalogne menaçait
Prats de Mollo, lorfque tout était déjà difpofé pour l'ouverture de la tranchée , le Duc de Noailles ordonne qu'on
faffe fortir de la Ville les femmes, les enfants & les vieil-
lards. En 1743 , dans le fameux blocus d'Egra, le Marquis
d'Hérouville qui commandait dans la Place , fait faire de la
monnaie avec du plomb. Il chaffe la moitié des Habitants. Il
fait manger à l'autre du grain pourri. Il épuife la nourriture
la plus vile. Le Duc de Noailles & le Marquis d'Hérouville
font approuvés, font loués , & ils devaient l'être. L'un
avait fauvé une Place importante pour garder le Rouffillon
& la Cerdagne , & le bruit feul de fa réfolution avait fait retirer le Viceroi de la Catalogne ; l'autre avait arrêté , pendant quatre mois, des Ennemis, que fans lui nous aurions
eu tout ce temps fur nos bras. Suivant les Loix civiles ,
le dernier était un faux monnoyeur ; tous les deux étaient
des tyrans cruels ; tous les deux euffent été convaincus
d'abus d'autorité , de véxations ; la preuve n'en eft pas loin :
un des chefs d'accufation contre mon pere a été *d'avoir
ordonné qu'on chaffât les Noirs de Pondichery , & d'avoir
donné aux Soldats du punch fait avec du Coco.* Mon pere
cependant avait arrêté les Ennemis cinq mois entiers ;
ces Ennemis cependant avaient avoué que la défenfe obftinée de mon pere , à Pondichery, avait fauvé l'Ifle de
France.

IIIᵉ Partie   C

V. Différence de la forme entre les deux Justices. Danger de les confondre.

Il n'y a pas moins de différence, pour les formes, entre les deux Justices civile & militaire.

Cette dernière n'admet pas indistinctement tout grief, ni toute déposition. Elle juge des faits & non des intentions. Elle veut des témoignages & non des conjectures. Elle n'écouterait pas sur les dispositions d'une campagne faite en Flandres, des Officiers, qui pendant toute cette campagne auraient été en Italie. Elle n'écouterait pas même tous les Officiers quelconques qui auraient été en Flandres. A plus forte raison n'écouterait-elle pas les Bourgeois, les Marchands, les Vivandiers, les Goujeats, ou Français, ou Flamands.

Si toutes ces Loix font une fois confondues: si deux Officiers justement punis dans le cours d'une campagne; si deux Bourgeois forcément molestés dans le cours d'un Siege; si un Sous-Lieutenant, un Sergent, un Marchand, fâchés d'avoir perdu dans une affaire, ou pendant un blocus, l'un son porte-manteau, l'autre son havresac, l'autre sa provision; si un Ouvrier enlevé à son travail domestique, pour s'occuper de travaux publics; si un Voiturier forcé de prêter ses chevaux, ses charriots, pour transporter des munitions, peuvent traduire en Justice réglée un Général ou un Commandant, soit en l'accusant de véxations, soit en déposant qu'ils le *soupçonnent* d'avoir perdu une Place ou une Bataille, parce qu'il était d'intelligence avec l'Ennemi: si l'on ébranle cette maxime fondamentale de tous les Gouvernements, qu'il est des circonstances où les Citoyens doivent *perdre leur liberté pour un temps, afin de la conserver pour toujours*: si tous ces cas enfin, qu'on vient d'exposer & qui renaîtront sans cesse, tant que les

Esprit des Loix.

hommes fe feront la guerre, font une fois foumis à l'éxamen de la Juftice civile ; il n'y aura plus de Général , plus
de Commandant , qui ofe fe charger de conduire une
Armée, de fortifier , de défendre , de régir une Place
ou un Gouvernement ; plus d'Officiers qui ofent fe charger de faire obéir des Soldats ; ou , s'il s'en trouve , la
crainte , l'inquiétude , la molleffe préfideront à toutes leurs
opérations : toujours tremblants , toujours incertains s'ils
ne s'expofent pas à la pourfuite de Loix inconnues , ils per-
dront dans les lenteurs de l'indécifion , ces inftants précieux , qui décident , à la guerre , du falut des Etats : nos
frontieres feront fans défenfe , nos Armées fans difcipline ; nos Villes feront prifes ; nos Soldats feront vaincus ;
& les Miniftres de la Juftice civile , pour avoir voulu
envahir la Juftice militaire , ni moins refpectable , ni moins
facrée que la leur ; pour avoir méconnu les droits de ces
hommes , à l'ombre defquels ils exercent paifiblement leurs
fonctions auguftes ; finiront par être enfevelis eux-mêmes
fous les ruines de leurs Loix & de la Patrie entiere.

Ce n'eft pas ici une de ces fpéculations qu'on appelle
au fecours d'une Caufe défefpérée. On a déjà fenti l'influence du Jugement prononcé contre mon pere. Lorfque le Comte d'Ennery a été envoyé à Saint Domingue,
il a demandé une parole formelle qu'il n'aurait à rendre compte qu'au Roi , & que fa conduite ne ferait pas
foumife à l'éxamen de la Commiffion de l'Inde. Si on ne
lui eût pas donné cette parole , il ne fût pas parti. Affu-
rément le zèle le plus ardent & la probité la plus pure
préfidaient à toutes les actions de ce refpectable Guerrier : les regrets qu'il excite encore aujourd'hui dans tous
les cœurs qui chériffent la Patrie & la vertu , n'en laif-

sent pas douter ; mais l'éxemple de mon pere l'effrayait. Nommé autrefois successeur du Marquis de Fenelon, qui avait demandé à quitter une Colonie toujours révoltée contre les ordres du Souverain, il avait bravé les obstacles & les dangers. Nommé à un nouveau Commandement, après la catastrophe du Comte de Lally, que sa fidélité avait conduit à l'échaffaut, il ne bravait pas le supplice & la honte. Il n'a fallu rien moins que la promesse de son Maître, pour le déterminer. Ce n'est qu'après s'être muni de cette sauve-garde sacrée, qu'il a volé remplir la mission qui lui était offerte, & qu'il s'est armé de toute la Justice, de toute la fermeté, de toute la sévérité nécessaires pour ramener l'ordre, la discipline & les Loix, dans un de ces Pays lointains, siege éternel de l'insubordination, du désordre, & de l'impunité. *Quelque-*

Eloge du Comte d'Ennery au Cap Français, 1777.

*fois, a dit un Panégyriste de cet homme illustre, il se laissait emporter par un excès de zele pour le bien : il tonnait alors, mais son cœur démentait sa bouche ; bien différent de ces hommes qui, ayant le miel sur les levres, ont toujours le venin dans le cœur. Il a traité avec rigueur, j'en conviens, l'homme de mauvaise foi ; mais a-t-il jamais sévi contre un citoyen vraiment malheureux ? Et n'a-t-il pas toujours été le protecteur du faible & de l'indigent ? ....*Heureux, d'après un tel tableau, cent fois heureux le Comte d'Ennery, de n'avoir pas été envoyé dans l'Inde, pendant la derniere guerre !

VI. Résultat de ces principes. Tribunaux Militaires, seuls Juges des délits

C'est parce qu'on avait senti ces conséquences, c'est parce qu'on ne pouvait pas douter de ces principes, que de tout temps la connaissance des délits militaires avait été réservée aux Tribunaux militaires.

On ne manquera pas de m'oppoſer l'éxemple de Jacques de Coucy, Seigneur de Vervins; accuſé, en 1547, de haute trahiſon, pour avoir rendu Boulogne aux Anglais; jugé & condamné à mort, en 1550, par des Commiſſaires tirés des différentes Cours du Royaume.

Mais, 1°. ce n'eſt pas un éxemple favorable à produire, qu'un Jugement, qui après avoir cauſé la mort d'un innocent, a été ſolemnellement proſcrit; un Jugement cité par tous ceux qui en ont parlé, comme *un monſtre d'irrégularités* & comme *l'aſſemblage des noirceurs les plus recherchées* (1).

(1) Voyez, *Mémoire hiſtorique ſur la Maiſon de Coucy*, pag. 25 & ſuiv. *Traité concernant l'Hiſtoire de France*, par *Dupuy*, pag. 47 & ſuiv. *Pratique criminelle de l'Ange*. chap. 10, &c.

Au reſte, on ſerait tenté de croire que la Providence a aſſigné des marques certaines, pour caractériſer tous les aſſaſſinats commis avec le glaive de la Juſtice. On a vu combien de traits de conformité ſemblent confondre le Procès de mon pere & celui des Chabot, des Marillac, des Strafford, des Coyet. La condamnation du malheureux Seigneur de Vervins n'offre pas une reſſemblance moins frappante. Le Chanoine Botté a joué, dans le Procès de Coucy, à peu près le même rôle que le Moine Lavaur dans le Procès de mon pere. Il y a eu deux procédures faites contre Coucy, comme il y en a eu deux faites contre mon pere; & dans l'un comme dans l'autre cas, la ſeconde a été imaginée pour prévenir l'abſolution qui aurait réſulté de la première. *Les procédures* faites contre Coucy *furent*, diſent les anciennes Chroniques, *très-longues & très-animeuſes*, ainſi que les procédures faites contre mon pere. Selon ces mêmes Chroniques, *on enleva à Coucy preſque tous ſes moyens de défenſes, en impliquant dans le Procès tous ſes Officiers, qui ſe trouvant accuſés ne pouvaient plus être témoins & dépoſer en faveur de leur chef: ruſe d'une chicane infernale*, qui a été auſſi pratiquée contre mon pere. Bornons le détail de ces triſtes rapports, & pré-

2°. Les faux témoignages sur lesquels on avait affis ce Jugement, portaient sur un pacte matériel, sur une *trahison grossiere*, ainsi qu'on s'exprimait dans le Procès de mon pere. Ces témoins difaient *avoir vû* les lettres écrites, l'or compté par le Roi d'Angleterre au Seigneur de Vervins, la promesse faite & la poudre vendue par ledit Seigneur de Vervins. Pour juger, pour prononcer sur tous ces chefs, il n'était pas befoin fans doute de connaiffances militaires.

---

fentons au moins les motifs de confolation & d'efpoir, quelques lugubres qu'ils foient, après avoir offert l'identité d'injuftices & de malheurs. » Ledit fieur de Vervins « eft-il dit dans Dupuy » laiffa un » fils nommé Jacques, lequel, ne pouvant oublier l'injure faite à fon » pere, travailla du regne de Henry III, à faire voir fon innocence, » & découvrit la pratique dont on avait ufé pour le ruiner. Les faux » témoins ouïs contre lui éxécutés à mort, entr'autres Médard, Pepin, » Becquet & le Chanoine Botté. — Peu de tems après le fupplice » de l'infortuné Coucy «dit un autre Hiftorien» la vérité parvint aux » oreilles de Henry II. Ce Prince, fans avouer hautement fon erreur, »tâcha de la réparer. Il fit reftituer au fils de Vervins une partie des » biens confifqués fur le pere.... Mais en 1579 la vérité fe fit enten-» dre hautement. Henry III, qui n'avait pas à rougir comme fon pere » d'avoir laiffé répandre le fang du jufte, revit le Procès; reconnut » l'impofture des faux témoins; & réhabilita la mémoire de Vervins » avec un éclat fans éxemple. « Je ne me livrerai pas au nouveau parallele que pourrait peut-être me fournir chaque mot de ces deux paffages. Mais, ô nature, ô vertu, ô mémoire de mon pere, ô juftice de mon Roi, je croirais vous offenfer toutes, fi dès cet inftant je n'ofais écrire mon nom à côté de celui du fils de Vervins, & fi je ne m'écriais avec la confiance la plus intrépide, que bientôt l'hiftoire de l'infortuné Coucy n'aura pas un feul trait qui ne fe retrouve dans celle du malheureux Lally.

23

Mais lorfqu'en 1675, le Maréchal de Créqui commandant Treve affiégée, fut forcé par les Officiers de fa garnifon à capituler, ce fut un Confeil de guerre qui inftruifit le Procès né de cet événement, & qui condamna les Officiers, quoique réunis tous contre leur Chef.

Lorfqu'en 1744, M. de Genfac, Lieutenant Général, fut accufé d'avoir mal défendu Lauterbourg, ce fut un Confeil de guerre qui le jugea, & qui le déclara innocent.

Plus récemment encore , nous avons vû un Officier chargé d'un commandement en Amérique , accufé à fon retour , & jugé par un Confeil de guerre.

On peut recourir à l'Hiftoire pour tous les éxemples antérieurs à ces époques ; il eft peu de fiecles qui n'en aient fourni plufieurs , & il ferait impoffible de fe livrer ici à leur énumération.

Ce principe n'avait jamais été méconnu jufqu'au Procès de mon pere ; & dans fon Procès même, il n'a été méconnu que pour lui feul. Le Chef d'Efcadre qui avait commandé les vaiffeaux deftinés à le feconder ; a déclaré dans fon interrogatoire , *que le détail des combats n'offrant que des manœuvres de mer , il ne croyait pas devoir s'étendre à ce fujet* : Et on ne l'a pas forcé , lui, de s'étendre ; on ne lui a pas remontré , à lui , qu'il s'abufait ; on ne l'a pas menacé , lui , comme on avait menacé mon pere. Comment donc ce qui a paru illégal pour le Commandant des Troupes de mer, a-t-il paru légal pour le Général des Troupes de terre, dont les opérations plus compliquées demandent & des difcuffions plus longues & des connaiffances plus étendues ?

Mais, me dit-on, nous étions commis par les premieres Lettres d'attribution pour *connaître de tous les délits*

commis dans les Indes Orientales. Diftinguons. Pour connaître de tous les délits commis dans les Indes Orientales
RELATIVEMENT AU COMMERCE ET A L'ADMINIS-
TRATION de la Compagnie, oui; & c'eft précifément ce
que vous n'avez jamais voulu faire. Pour *connaître de tous
les délits commis dans les Indes Orientales relativement à*
la conduite , aux opérations , à la difcipline militaire ,
non; & c'eft précifément ce que vous avez toujours voulu
faire.

Mais nous étions commis par les fecondes Lettres-Patentes , *pour connaître d'abus d'autorité & de haute trahifon.*
Diftinguons. *D'abus d'autorité* formant un délit caracté-
rifé , réfultant d'un crime pofitif; de *haute trahifon* ma-
térielle , telle qu'on la voit définie dans les Ordonnances
dont vous êtes dépofitaires , ouï. *D'abus d'autorité* , de
haute trahifon , inférés de faits militaires , d'un enfemble
de conduite militaire , non ; parce qu'un tout n'eft com-
pofé que de parties , & que celui qui ne peut pas connaître des parties , ne peut pas connaître du tout.

Interrogatoire
D.

Mais *le Roi* , *en nous renvoyant par fes Lettres-Patentes
la connaiffance de ces accufations, nous a auffi renvoyé toutes les circonftances & dépendances de ces accufations.* Ouï
fans doute. C'eft-à-dire , qu'en étant commis pour *l'accufation de concuffion*, vous l'étiez auffi pour *les circonftances & dépendances de la concuffion ;* qu'en étant commis
pour *l'accufation de haute trahifon,* vous l'étiez auffi pour
les circonftances & dépendances de haute trahifon : mais ce
n'eft pas à dire qu'en étant commis pour *l'accufation de
concuffion de haute trahifon,* vous l'étiez auffi pour *les circonftances & dépendances* de la conduite militaire. Car ,
comme il eût été abfurde que vous fuffiez commis pour
le

le principal d'une *accusation*, sans l'être pour les *circonstances & dépendances de cette accusation*, il eût été de même absurde, & mille fois plus absurde encore, que vous fussiez commis pour le principal d'une *accusation*, & pour les *circonstances & dépendances* d'une autre.

Mais *le Roi nous a confié toute son autorité !* Distinguons. Le *Roi vous a confié toute son autorité*, quant aux parties pour lesquelles il vous a commis, & qu'il a mentionnées dans ses Lettres d'attribution, oui. *Le Roi vous a confié toute son autorité* généralement, & dans toute partie quelconque, non, & vous-même vous ne l'avez pas cru quand vous l'avez dit. Il y a plus. Je veux pour un instant que cela soit. Cette autorité irait-elle donc plus loin dans ceux qui en sont les dépositaires, que dans celui qui en est le Possesseur? Qu'un Militaire soit accusé de délits militaires, l'autorité royale, exercée par le Roi, ne va qu'à lui nommer des Juges compétens, & à signer la Sentence portée par ces Juges : & cette même autorité royale, exercée par les Officiers du Roi, irait à détruire toutes les Loix de compétence, à renverser tous les principes & à confondre toutes les notions ! Non, il n'existe pas un tel pouvoir sous le ciel. S'il est des Loix dont la création, la durée & l'anéantissement appartiennent à l'autorité, il en est d'autres qui en sont pour jamais indépendantes. Toute-puissante pour les maintenir & pour les faire respecter, elle est nulle pour les détruire ; & du nombre de ces dernières Loix est celle qui vous défendait, à vous Juges Civils, de connaître de la conduite militaire d'un Général d'Armée. Le pouvoir de frapper un Accusé, voilà ce qu'on peut tenir de l'autorité ; mais les lumières, mais le genre d'expérience, qui sont nécessaires pour frapper justement, & sans lesquelles ce pouvoir de frapper n'est que le pouvoir d'égorger, il n'est point d'autorité qui les donne

IIIe. Partie.

D

Interrogat. 92.

subitement. Les quarante années que vous aviez passées sur les *Fleurs de lys*, tous les Rois de l'Univers ne pouvaient faire que vous les eussiez passées dans un Camp, & c'est-là, là seulement, que peuvent se chercher & que doivent se prendre les Juges de la conduite militaire d'un Général. Si, dans les Lettres-Patentes elles-mêmes, titre de votre mission, il existait une disposition contraire, si elles eussent dit réellement ce que vous voulez leur faire dire, il faudrait les regarder comme non avenues, il faudrait les proscrire, ainsi que le Jugement qui en aurait été l'effet déplorable. Mais ces Lettres-Patentes n'ont pas ordonné, mais le Roi n'a pas voulu, mais il n'a pas pu vouloir ce renversement inconcevable de tous les principes de la justice, de l'ordre & de la nature.

Interrogat. 92.   *Mais c'est par la combinaison de toutes les actions de l'Accusé, qu'on pouvait établir ou la preuve de son innocence, ou sa conviction; il devait donc nous rendre compte de toute sa conduite dans l'Inde, de quelque nature qu'elle eût pu être.* C'est ici que je vous attendais.

Quoi ! vous n'avez pas frémi; quoi ! tout votre sang ne s'est pas glacé dans vos veines, à la seule idée de *combiner* des opérations, dont vous ignorez les premiers élémens; sachant que de vos *combinaisons*, nécessairement incertaines, nécessairement erronées, nécessairement fausses, il devait résulter l'honneur ou l'infamie, la vie ou la mort d'un homme, que dis-je ? d'une foule d'Accusés enveloppés dans ce fatal procès ! Quoi, même dans votre système, même quand vous auriez pu vous croire réellement commis pour faire ces *combinaisons*, réellement dépositaires de *toute l'autorité*, pour juger d'après ces *combinaisons*, il ne s'est pas élevé au dedans de vous, contre l'accomplissement de cette commission, contre l'emploi de cette *autorité*, une voie plus forte & plus impérieuse que tous les Ordres & que toutes les Puissances ! Quelle est donc cette vertu si merveilleuse de *l'autorité*, qui communique si subitement toutes les lumières, & qui tranquillise si efficacement toutes les consciences ?

Dans un procès civil, où il ne s'agit que d'un vil intérêt de pécule, s'il s'offre à vos regards quelqu'objet étranger à vos connaissances, vous en remettez la décision à ceux que leur état, leurs occupations journalières rendent seuls Juges compétens. Est-il question d'édifices, de maisons ? Vous renvoyez à des Experts en bâtimens. De terreins, de limites ? A des Experts-Arpenteurs. D'écritures contestées ? A des Experts-Vérificateurs. De méchanique, de quelqu'objet relatif aux Arts ? A des Commissaires de l'Académie. Et dans un procès criminel, où il s'agira de flétrir notre honneur & de verser notre sang, l'art de la guerre sera, de tous ceux que vous ignorez, le seul que vous prétendiez juger ! Est-ce parce que les plus grands Maîtres s'y trompent encore journellement ? ou parce qu'il est aussi grand qu'il est difficile, tiendriez-vous à gloire de ne pas paraître l'ignorer, comme si la vanité était la mesure des connaissances humaines, & comme si, pour savoir, il suffisait qu'on voulût paraître savoir ?

J'ignore quelles peuvent être vos prétentions, & quel rang vous vous assignez intérieurement, soit dans la carrière des Loix, soit dans celle du Génie : mais certes, je n'imagine pas que vos vues se soient jamais portées jusqu'à effacer le Président de Montesquieu. Eh bien ! cet homme immortel, l'honneur de sa Nation en même temps que celui de la Magistrature, faisait l'éloge funèbre du Maréchal de Berwick mort nouvellement. C'était un ami qui célébrait son ami ; c'était un grand homme qui célébrait un grand homme ; & voici ce que Montesquieu disait, écoutez-le bien : « IL Y AURAIT BIEN DE

D 2

» LA SOTTISE A MOI DE JUGER DE SA CAPACITÉ POUR LA
» GUERRE, C'EST-A-DIRE, POUR UNE CHOSE QUE JE N'EN-
» TENDS POINT »... IL Y AURAIT BIEN DE LA SOTTISE A
MOI!... Sublime Montesquieu, tu n'osais pas *juger* les opérations d'un Général pour le louer, & ceux qui sont assis à ta
place, osent juger les opérations d'un Général pour l'envoyer
au supplice!

Mais vous, qui vous chargiez avec tant de confiance &
d'intrépidité, de *combiner* toutes les opérations militaires de ce
Général, lorsqu'il s'agissait *d'établir son innocence ou sa conviction*, dans le même instant vous faisiez un crime à ce même
Général d'avoir voulu que le Conseil de Pondichéry *combi-
nât* avec lui une de ces opérations, dans laquelle il s'était agi
seulement de l'abandon ou de la conservation d'un poste! Vous
exaltiez *la sagesse* avec laquelle ce Conseil s'était refusé à faire
cette *combinaison. Depuis le blocus*, est-il dit dans votre Rapport, *le sieur de Lally veut consulter le Conseil sur ses opérations
militaires. Le Conseil SAGEMENT lui représente qu'il ne peut se
mêler de cette partie*, &c.

Rapport; p. 63.

Or je vous le demande, si les Conseillers de l'Inde avaient
agi *SAGEMENT*, en déclarant *qu'ils ne pouvaient point se mêler
de la partie militaire*, eux qui, s'ils ne faisaient pas la guerre,
du moins la voyaient faire; eux qui étaient sur les lieux, &
que l'on ne consultait que sur une position locale; les Conseillers du Parlement de Paris agissaient-ils *SAGEMENT* en voulant
juger toutes les opérations d'une guerre de trois ans, terminée
depuis quatre, & à 6000 lieues de leur habitation? D'où venait donc cette contradiction entre vos discours & vos actions? Un éloge stérile devait-il vous paraître un hommage
digne des *sages Conseillers* que vous préconisiez? L'exemple
de leur *sagesse* était sous vos yeux; son éloge était dans votre

bouche ; pourquoi donc fa pratique n'était-elle pas dans votre conduite ? Pourquoi vos héros n'étaient-ils pas vos modèles ? Enfin , ce que vous admiriez tant en eux , pourquoi ne l'imitiez-vous pas , en avouant comme eux , que *vous ne pouviez pas vous mêler de la partie militaire* (1) ?

---

(1) Dans le fait, la *fageffe* des Confeillers de l'Inde n'a pas été moins en défaut que celle de leur Panégyrifte. Car enfin , fi les Confeillers de l'Inde , étant dans l'Inde , avaient été *Sages*, à raifon de leur incapacité, de garder le filence fur *la partie militaire*, ces mêmes Confeillers , étant en France, où ils avaient rapporté cette même incapacité, ne devaient-ils pas , pour faire briller cette même *fageffe*, garder le même filence ? Ceux qui , à Pondichéry, s'étaient crus *fagement* incapables , même de confulter, de délibérer fur une des opérations les plus fimples & les moins compliquées, à Paris pouvaient - ils *fagement* fe croire capables de prononcer fur l'univerfalité de toutes ces opérations, fur les parties les plus abftraites , les plus profondes du grand art de la Guerre ? Par quelle fatalité enfin, ceux qui ne favaient rien , quand il s'agiffait de défendre la Patrie, favaient-ils tout quand il était queftion de perdre mon père ? Serait-ce donc encore une de ces merveilles dues au *trajet des mers* ? Mais il y a ici plus qu'un défaut de *fageffe*; il y a néceffairement un délit, & les Confeillers de l'Inde n'ont que le choix du crime. Ou ils ont cru fe connaître en opérations militaires , ou ils ont cru ne s'y pas connaître. Dans le premier cas, ils n'ont pas dû fe refufer à délibérer fur un point qui intéreffait le fervice du Roi & de l'État; dans le fecond cas, ils n'ont pas dû s'ingérer à dépofer contre un Général, fur une partie qu'ils convenaient eux - mêmes ignorer totalement. Point de milieu; ou ce font des Traîtres, ou ce font des Calomniateurs. J'invite les *Sages* à réunir toutes leurs lumières pour répondre à ce dilemme , & j'attends cette réponfe fans inquiétude. Mais ce n'eft pas tout. Le Panégyrifte des Confeillers de l'Inde les a loués d'avoir *fagement* fenti leur incapacité pour *la partie militaire* : donc il a reconnu formellement cette incapacité. Il a entendu néan-

Mais que dis-je ? Cet aveu que je vous demande, & que vous n'aviez fait qu'implicitement en parlant des Conseillers de l'Inde, vous l'avez fait formellement en parlant de vous, & dans l'interrogatoire & dans votre rapport. Dans l'interrogatoire, après avoir questionné mon père sur ses dispositions, lors de la seconde bataille de Vandavachy, voici ce que vous avez ajouté : *Nous n'insistons pas sur ces faits, parce qu'ils sont purement militaires.* Dans votre rapport, sur le même objet, vous avez à peu près répété la même chose : *Comme ce fait*, avez-vous dit, *est purement militaire, il n'exige pas de détails.* Donc vous avez reconnu que les faits *purement militaires* étaient étrangers & aux fonctions que vous remplissiez, & aux lettres qui vous les avaient atttribuées ; donc vous avez avoué que vous *ne pouviez pas vous mêler de la partie militaire.*

Actuellement, suivez-moi & répondez-moi. Est-ce que l'entreprise, la marche, le siége, la retraite de Tanjaour ; est-ce que le rappel des Troupes du Dekan, de Mazulipatam ; est-ce que l'évacuation de Cheringham ; est-ce que les dispotions faites ou à faire pour le siége de Madras, pour choisir le côté de l'attaque, pour ouvrir la tranchée, pour démasquer les batteries, pour commencer, continuer, cesser le feu, pour

moins, sur cette même *partie militaire*, ces mêmes Conseillers dans qui il avait formellement reconnu cette même incapacité ; donc il s'est fait éclairer par des gens que lui-même avouait incapables ; il s'est fait instruire par des gens que lui-même avouait ignorans ; il s'est fait conduire par des gens que lui-même reconnaissait aveugles. Quel tissu d'inconséquences & de contradictions ! & cependant tout cela n'est encore rien auprès du dernier trait que nous allons voir.

Interrogat. 13.

Rapport, p. 16.

31

perfectionner la brêche, pour donner l'assaut; est-ce que la séparation des Troupes pour reprendre Cheringham; est-ce que l'évacuation, la reprise & l'abandon des postes; est-ce que l'usage fait ou à faire d'une Troupe d'Auxiliaires; est-ce que l'attaque du deux Septembre mil sept cent soixante; est-ce que les dispositions pour garnir, pour défendre les postes & les limites; est-ce que les arrêts, la prison, l'interdiction, la dégradation des Officiers fautifs ou coupables; est-ce que le siége, la défense, la capitulation, la reddition de Pondichery; enfin, pour tout comprendre sous trois termes généraux, que vous avez sans cesse répétés, est-ce que les *expéditions*, les *opérations*, la *discipline* d'un Général, sont, moins que les dispositions de la bataille de Vandavachy, des *faits purement militaires?* Ce sont des faits cependant, sur lesquels vous avez *insisté*, que vous avez *détaillés*; disons mieux : ce sont les seuls faits sur lesquels vous ayiez *insisté*; ce sont les seuls faits que vous ayiez *détaillés*. Donc, tout à la fois, vous avez avoué que *vous ne pouviez pas vous mêler de la partie militaire*, & vous n'avez cessé de *vous mêler de la partie militaire*. Donc vous avez constamment voulu faire ce que vous avez avoué formellement *ne pouvoir pas* faire (1).

---

(1) Voilà ce dernier trait que nous avons annoncé, après lequel rien ne peut plus étonner. Mais nous avons encore, dans la conduite des Conseillers de l'Inde, un pendant à ce nouveau trait de leur Panégyriste. Ils disaient, ces Conseillers, en dénonçant mon père au Ministre, qu'*ils n'avaient pas traité ce qui concernait la partie militaire*.... qu'*ils laissaient aux gens du métier la charge d'en juger*. Donc ils avouaient que *n'étant pas du métier*, ils ne pouvaient juger cette partie. Mais au même instant, dans le même Mémoire, dans la même phrase, ils ajoutaient : *nous avons seulement l'honneur de vous assurer, Monseigneur, qu'il y a neuf articles capitaux qui prouvent quelque chose de plus que*

Epuiferons-nous toutes les contradictions qu'on a entaffées fur cette queftion de compétence, tous les différens fubterfuges qu'on a imaginés, tous les différens prétextes qu'on a forgés, fuivant les différens fyftêmes qu'on mettait en avant ; & faut-il fe réfoudre à citer férieufement ce qu'on répondait à mon père & à fes parens dans les inftans où l'on foutenait *pouvoir*, & où l'on avouait *faire* ce que dans d'autres on avouait *ne pas pouvoir*, & l'on foutenait *ne pas faire* : — *Il y a, dans la Chambre, des Princes & Pairs militaires, en état de juger des faits militaires : moi-même j'en jugerai par eftimation, fur l'avis que j'ai pris & que je prendrai des Maréchaux de France & autres Généraux ?*

Mais les Princes & Pairs ne pouvaient juger un délit militaire fuivant les formes civiles, & le Parlement ne pouvait juger un délit qu'on eût inftruit fuivant les formes militaires. Mais les *Maréchaux de France & autres Généraux* ne pouvaient hazarder un avis fur le rapport d'un Juge civil qui peut-être n'eût pas pu fe faire entendre ; le Juge civil ne pouvait établir fon rapport fur l'avis des *Maréchaux de France & autres*

---

l'incapacité ; & ils expofaient fur-le-champ ces neuf articles militaires, & ils en parlaient avec plus de hardieffe que n'euffent fait les *gens du métier* les plus confommés ; & ils préfentaient dès-lors, en raccourci, cette fuite de réflexions, de critiques, de décifions tranchantes, qu'ils ont depuis étendue & paraphrafée dans leurs dépofitions. Donc ils *traitaient la partie militaire* en foutenant qu'*ils ne la traitaient pas*, & en reconnaiffant qu'*ils étaient incapables de la traiter.* Ainfi, dans le procès de mon père, les témoins ont dépofé, en avouant qu'ils ne pouvaient pas dépofer, & les Juges ont jugé, en avouant qu'ils ne pouvaient pas juger. Il ne faut que cette feule phrafe pour apprécier ce procès tout entier.

Généraux ,

Généraux, que peut-être il n'eût pas pu entendre ; & c'est sans doute la première fois qu'on a parlé de juger sur l'honneur & sur la vie d'un Citoyen *par estimation*. D'ailleurs, ces Princes & Pairs n'ont pas assisté au Jugement, & jusqu'à ce qu'on nous montre une Consultation signée des *Maréchaux de France & autres Généraux*, on nous permettra de croire qu'il n'y en a pas eu. Ainsi les Juges civils sont restés seuls, & seuls se sont acharnés à vouloir juger des siéges, des batailles, des marches, des campemens, des retraites.

Qu'en a-t-il résulté? De l'ignorance totale & de la forme & du fond, on a vu naître une foule d'absurdités & d'injustices, au sein même de l'équité & de la raison.

La première règle observée dans tout procès intenté à un Militaire, sur sa conduite militaire, est de lui demander ses instructions. J'ignore quand celles de mon père ont été vues, & comment elles l'ont été : mais je sais qu'elles ont été signifiées le Samedi soir 3 Mai, avec sa requête d'atténuation, & je sais que, parmi l'immensité des chefs militaires déférés à la Commission & jugés par la Commission, un grand nombre portait sur des opérations qui avaient été prescrites à mon père par ses instructions ; c'est-à-dire qu'on lui a fait son procès pour avoir obéi au Roi (1).

Au défaut des instructions du Roi, on a consulté & on a

VII. Ignorance des formes.

_____

(1) D'après ce point de fait, je ne nierai pas que les instructions n'aient été plusieurs fois citées dans le procès. Mais, toujours constant dans ma manière, je proposerai encore un dilemme, auquel j'invite encore à répondre. Ou ces instructions ont été vues, ou elles ne l'ont pas été. Si elles ne l'ont pas été, comment a-t-on pu les citer ? Si elles l'ont été, comment a-t-on pu leur faire dire le contraire de ce qu'elles disaient ?

IIIe. Partie.   E

représenté à mon père le Journal historique & politique de cet Officier * qui, parce qu'il s'était déclaré son ennemi juré, avait été entendu & interrogé contre lui. Cet Officier lui-même, lors de sa déposition par demande & par réponse, a seulement garanti *le commencement* de ce Journal, & seulement *quant à la substance des faits*, en avouant qu'il y avait *erreur par rapport aux dates* ; pour le reste de la pièce, il l'a avouée *irrégulière dans les dates & dans les circonstances.* On sent ce que c'est qu'un Journal auquel il ne manque que l'exactitude dans les détails, la certitude dans les époques, & la vérité dans les faits.

M. de Fumel. Voyez p. 164 de la seconde partie.

Aux preuves écrites on a voulu joindre des preuves vocales, & de quelques bouches qu'elles fortissent, toutes ont paru bonnes dès qu'elles pouvaient charger mon père. On avait d'abord passé en revue les sept Conseillers, c'est-à-dire, les sept *Sages* de l'Inde, ceux qui, à Pondichéry, avaient eu la prudence de ne vouloir rien dire sur les opérations militaires, & qui, à Paris, avaient eu *l'honneur d'assurer que dans les opérations militaires du Sieur de Lally, neuf articles capitaux prouvaient quelque chose de plus que l'incapacité.* Tous avaient été entendus ainsi que leur Secrétaire. Tous avaient discouru, critiqué, décidé, jugé. L'on n'était cependant pas content de leurs dépositions. Elles justifiaient peut-être le silence qu'ils avaient gardé dans l'Inde ; mais elles ne remplissaient pas la promesse qu'ils avaient faite en France. Un huitième *Sage* * restait à la Côte de Coromandel ; on l'a mandé. Il a reçu *ordre de la part du Roi de se rendre en Europe.* Il est accouru. Fier de l'importance que lui donnait un voyage de 6000 lieues, fait par ordre & aux frais du Gouvernement, le nouveau *Sage* a cru ne pas pouvoir se borner au dictionnaire de calomnies commun

*Boielleau.

entre tous ſes camarades ; il s'eſt préſenté porteur de trois nouveaux chefs d'accuſations, pour prouver, *dans les opéra-tions* de mon père, *quèlque choſe de plus que l'incapacité* : voici quels étaient ces trois nouveaux chefs , c'eſt le *Sage* lui - même qu'on va entendre.

1°. *Lors de l'attaque des limites, les Anglais ayant dé-bouché pour attaquer ces limites, ſe portèrent d'abord au poſte gardé par le Régiment de Lorraine , en criant :* « *n'eſt-ce pas* » *ici le poſte des troupes de la Marine* » ? *Et ayant ſu que ce n'était pas le même, ils revinrent effectivement au poſte gardé par la Marine, & le forcèrent*. . . . .

2°. *Le 17 Octobre 1760, le Sieur de Lally qui avait fait* SON-DER LES FOSSÉS *, & avait retiré la moitié du monde qui gardait un petit poſte nommé la petite batterie , & qui devenait la plus faible de toutes les défenſes,* LE FOSSÉ ÉTANT SEC, *le S*. *de Lally ſortit à la nuit par la poterne du fort St. Laurent y joignant, ſans être accompagné ni vouloir que perſonne le ſuivît, & marcha le long de la courtine, ſans que l'on pût en démêler le motif. Mais cela donna lieu* A DES SOUPÇONS, A DES CONJECTURES. . . . .

3°. *Le 16 Janvier, après que le Général* (Anglais) *eut pris poſſeſſion en entier de la Ville, ayant quitté le Sieur de Lally, & s'en retournant dans ſon Camp, il ſe détourna pour viſiter à cheval le baſtion d'Orléans ; mais le foſſé dans cet en-droit étant plus étroit qu'en aucun autre lieu des fortifications, le baſtion ayant été renflé, le cheval du Général Anglais s'étant cabré le culbuta. Cette aventure & cette curioſité donnèrent lieu aux réflexions. La mauvaiſe opinion que l'on avait du Sieur de Lally fit* PENSER *qu'il avait laiſſé enviſager précédemment aux Anglais que la place pourrait être priſe par ce côté, & que le Général Anglais voulut s'aſſurer par lui-même de la*

E 2

réalité de cette idée, & de ce que le Sieur de Lally pouvait avoir promis à ce sujet.

Quiconque lira cette dépofition, conviendra que les *Sages* de l'Inde reffemblent bien parfaitement aux fous des autres pays.

Etablir un colloque familier entre deux armées prêtes à croifer les baïonnetes : imaginer une armée qui vient attaquer, affez confiante pour demander à l'ennemi fi elle ne s'eft pas trompée de pofte : imaginer une armée qu'on vient attaquer, affez complaifante pour avertir l'ennemi de fa méprife, & pour lui crier, *je ne fuis pas la troupe que vous cherchez* : imaginer ces deux armées, après ce commerce de queftions & de réponfes amicales & naïves, fe féparant tranquillement, l'une allant trouver tranquillement le pofte qu'elle cherche, l'autre la laiffant aller tranquillement à ce pofte par où elle doit être coupée : enfin venir foi-même, non moins tranquillement, dépofer tout cela en Juftice, c'eft en vérité un trait de démence capable de faire interdire fur-le-champ fon auteur.

Quant au fecond chef, conclure de ce qu'on *ne démêle pas les motifs* d'un Général qu'il faut les *foupçonner*, les *conjecturer* criminels ; conclure de ce qu'un Général vifite les dehors de fa place, qu'il cherche fans doute l'endroit *le plus faible*, pour engager l'ennemi à l'attaquer, & cela quand il eft prouvé par l'événement que cet ennemi n'a attaqué ni pofte fort, ni pofte faible, c'eft encore un trait dont l'abfurdité ne peut être égalée que par la noirceur qu'il renferme.

Mais il eft à obferver que ce *Sage*, qui prétend que mon père avait fait fonder le foffé joignant à ce pofte, au même inftant, dans la même phrafe, dit que ce pofte n'était faible que parce que ce foffé était fec ; or, faire *fonder un foffé fec*, eft une opération militaire qu'un *Sage* de l'Inde peut feul expliquer.

Le fait eft que le foffé n'était ni fec, ni plein d'eau, car il n'y en avait pas du tout en cet endroit. Le fait eft que mon père, qui connaiffait cet *endroit faible* cité par le *Sage*, y portait fa principale attention, qu'il avait fait conftruire en avant un fort en maçonnerie, & une batterie pour éloigner l'approche de l'ennemi dans cette partie ; qu'il y faifait pofer la nuit des pots à feu, dans la crainte d'une efcalade ; enfin le fait eft que ces précautions ont empêché l'ennemi, non-feulement d'approcher de cet *endroit faible*, mais même de le reconnaître.

Le troifieme chef eft digne des deux autres. Parce que le Général Anglais, maître de Pondichéry, a eu la *curiofité* de vifiter les dehors de la place devant laquelle il eft refté neuf mois fans ofer l'attaquer, & parce que *fon cheval s'eft cabré, le Sage réfléchit*, & il conclut que mon père a indiqué à ce Général un endroit *par où la place pourrait être prife !* & cet endroit que mon père, felon le *Sage*, avait indiqué à l'ennemi *pour prendre la place* ; mon père, felon ce même *Sage*, l'avait *fortifié*, & avait fait *renfler le baftion !* & c'eft *après avoir pris poffeffion de la Ville en entier*, que le Général Anglais fe rappelle les *idées*, les promeffes de mon père, & *veut s'affurer lui-même de la réalité !* Ainfi voici à quoi fe réduit tout le raifonnement du *Sage* fur ce troifième chef & fur le précédent : « il eft vraifemblable que M. de Lally avait indiqué au Général ennemi deux points d'attaque, car il eft certain que le Général ennemi n'en a pas profité ; donc M. de Lally & le Général ennemi étaient d'intelligence ».

Et c'eft un *Sage*, c'eft un Procureur du Roi, dépofitaire de

la Juftice de la Compagnie, qui a pu produire ces accufations extravagantes ! Et c'eft un Procureur du Roi à qui
l'on fait faire 6000 lieues aux frais du Roi & de l'Etat
pour venir enfanter ces abfurdités échappées au libelle du
Moine Lavaur, & au Mémoire de dénonciation forgé par
les fept *Sages* de l'Inde !

Et ce Procureur du Roi qui parlait fi pertinemment du
métier de la guerre, ignorant jufqu'aux formes de fon propre
métier, eft arrivé à fa confrontation avec une plainte *perfonnelle* contre mon père, qu'il a préfentée au Juge, bien
cachetée & toute olographe, en dix pages, grand papier ;
plainte rédigée, difait-il, à Pondichéry, après une conver-
fation tête à tête, dans laquelle mon père, après plufieurs
queftions indifférentes, lui avait dit : *vous en ave*ζ *menti*,
avec beaucoup d'autres injures & reproches que le *Sage*
prétendait ne pas mériter, & dont il avait dreffé à lui tout
feul le procès-verbal qu'il repréfentait ; & ce *Sage* a requis
que ce procès-verbal fût annexé à fa dépofition ; & ce Procureur du Roi ne fentait pas que, par cette plainte, il
annullait lui-même toute fa dépofition !

Et fa confrontation n'a pas plutôt été achevée, que la
Compagnie l'a renvoyé dans l'Inde, fans attendre la fin du
procès, tant la réfolution de ne pourfuivre aucun des faux
témoins, avait été invariablement arrêtée ! Et ce faux témoin
eft refté un des *Sages* de l'Inde, eft refté Procureur du
Roi de l'Inde, & voilà la Juftice de l'Inde, & voilà le
choix qu'on a toujours fait de l'efpèce de gens qu'on y a
chargés de fon adminiftration (1) !

_____

(1) Devenu *Second* du Confeil, & Commandant par *interim*, pendant que le nouveau Commiffaire du Roi, M. Law, était allé re-

Il eſt aiſé de concevoir que cette dépoſition du huitième *Sage* n'a pas encore paru bien ſatisfaiſante. On n'en ſentait peut-être pas toute l'abſurdité; mais on ne pouvait pas s'empêcher de voir qu'il n'y avait encore rien de précis, rien de poſitif; ce n'était que des *oui - dire*, que des *ſoupçons*, que des *conjeƈtures*.

Quelques Officiers triés, & dignes d'être entendus par la haine qu'ils portaient à mon père, ne pouvaient fournir, ou n'oſaient riſquer rien de plus. Des trois principaux qui

---

prendre poſſeſſion de Chandernagor, *il a commencé par des excès, & a fini par des crimes*, ſuivant les expreſſions des Officiers mêmes de la Compagnie, dans le Mémoire qu'ils ont donné contre lui. Il a volé au Corps des Négocians une ſomme de 1000 pagodes pour lui, & une de 500 pour ſon Camarade Lagrénée, autre témoin entendu contre mon père. Il a forcé les Marchés de Pondichéry de le fournir lui & ſes Valets, ſans paiement. Ses cruautés ont égalé ſes concuſſions. Il a attenté à la liberté, à la vie des Citoyens. Il a fait couler du ſang. Il a interrompu le cours de la Juſtice. Il a oſé faire *arrêter* par ſon Conſeil *que des Ordres du Roi ſeraient regardés comme non avenus.* M. Law, deux heures après ſon retour du Bengale, a fait embarquer tous ces mutins, pour être tranſportés en Europe, & y rendre compte de leur conduite. La Cour a deſtitué Boielleau, & a défendu expreſſément à la Compagnie de l'employer. Menacé d'être pourſuivi en Juſtice réglée, par les victimes de ſa cupidité & de ſa barbarie, il s'eſt évadé clandeſtinement, & a repaſſé aux Indes. La Compagnie, ſa Protectrice déclarée, lui a accordé, pour le dédommager de ſes Emplois, une penſion de 6000 livres, que la Cour a encore ſupprimée. Voyez le Mémoire des Officiers de l'Inde, imprimé chez *Louis Cellot*, en 1768. Il eſt vrai que Boielleau, de ſon côté, accuſait ces Officiers d'avoir voulu *voler le tréſor de la Compagnie.* C'eſt de tous ces débats qu'il a été queſtion dans la ſeconde partie de ce Mémoire, à l'article *Confrontation*, page 181.

déposaient contre lui, deux n'avaient pas vu tirer un coup de fusil dans l'Inde; l'autre était arrivé à Pondichéry pendant le blocus. On voulait quelques dépositions suivies & sur-tout quelques témoins oculaires.

On eût pu en trouver des témoins oculaires dans le Marquis de Montmorency, qui avait fait les campagnes de Goudelour, St. David, Divicottey, Tanjaour, qui avait même été chargé d'en rendre compte à la Cour; dans le Brigadier ô Kennelly, qui avait fait toute la guerre, & qui avait défendu si vaillamment Carangouly & Permacoul; dans le Chevalier de Geoghegan, qui avait gagné la 1re. bataille de Vandavachy; dans le Chevalier de Meade qui, lors de cette même bataille, avait donné tant de preuves de bravoure; dans M. Huffey, à qui les ennemis eux-mêmes avaient rendu hommage pour la défense d'Arcate; dans le Chevalier Macgregor, qui avait négocié avec les Marattes & les Mayffouriens, qui avait tenu Gingy trois mois après la prise de Pondichéry; dans le Chevalier de Guillermin, qui avait assisté au Conseil de Guerre pour la capitulation; dans le Chevalier de la Farre, Aide-Maréchal-Général des Logis de l'Armée; dans MM. de Bourcet, de Foleney, de Rameru, de Butler, de Nagle, Brady, Dalton, ô Heguerty, Plunket, Mahony, de Nouzieres, de Ganay, de Fontenille, &c. enfin dans tous ces Officiers des troupes du Roi qui, pendant trois ans, avaient fait la guerre sans un seul seul jour d'interruption. Mais on a suivi un autre plan, on a adopté d'autres moyens, on a puisé dans d'autres sources.

On a cru que, pour être témoin, il ne fallait avoir que des yeux. On a pensé que la *maison domestique* de mon père avait dû le suivre par-tout, & qu'ainsi elle pourrait former une chaîne non interrompue de notions & de détails

Domestiques de mon père établis Juges de sa conduite militaire.

sur

sur toutes ses opérations. En conséquence, on a été chercher dans son antichambre, dans sa cuisine, dans son écurie, des lumières & des instructions sur sa conduite militaire. Un Valet-de-Chambre, un Cuisinier, un Palefrenier & sa femme, le tout renforcé d'un Brandevinier intimement lié avec toute la *maison*, dont il *faisait habituellement la partie*; voilà les personnages que l'on a substitués, que l'on a préférés à tous ces grands noms faits pour inspirer la confiance, à tous ces braves Guerriers qui l'avaient achetée au prix de leur sang; voilà les Oracles que l'on a choisis; voilà les Juges d'armes que l'on a établis pour prononcer sur les opérations d'un Général d'Armée.

Les deux premiers, le Valet-de-Chambre & le Cuisinier n'avaient pas fait leurs preuves contre mon père. Admis pour témoins purement & simplement, ils pouvaient ne pas servir la haine & ses projets. On pouvait même *tomber dans l'inconvénient d'atténuer* par leur déposition une *masse* qu'on avait déjà bien de la peine à rendre *considérable*. Mais le remède était tout trouvé; on en a fait deux Accusés de la même espèce que celui dont nous avons déjà parlé, c'est-à-dire, des Accusés sans Accusateurs & sans accusations, des Accusés destinés uniquement à être questionnés sur la conduite d'autrui, enfin des Accusés n'étant autre chose, dans le fait, que des témoins interrogés, à qui l'on ne laisse rien dire que ce que l'on veut, & à qui l'on espère faire dire tout ce que l'on veut.

Valet-de-Chambre & Cuisinier.

Il y a cependant eu une différence entre ces deux derniers témoins-accusés & celui qui les avait précédés. Le premier, dont les sentimens étaient connus, a conservé sa liberté, & a été simplement *assigné pour être oui*. On n'était

IIIe. Partie. F

pas fûr du dévouement des autres ; ils ont été décrétés & jetés en prifon. Cette rigueur n'était pas fans utilité. Elle pouvait produire les plus grands effets fur des hommes de cet état. Des ames que notre orgueil & nos préjugés parviennent prefque toujours à rendre viles à force de les avilir, des ames déjà flétries par la fervitude, accablées encore par la captivité, & brifées par le malheur, voyant qu'on ne leur demandait que des imputations contre leur Maître, paraiffaient devoir s'empreffer d'acheter leur falut & leur liberté au prix de la vérité & au péril de l'inocence.

Le calcul ne s'eft pas trouvé jufte. Prefqu'en ouvrant la bouche, le Cuifinier & le Valet-de-Chambre ont renverfé toutes les efpérances qu'on avait fondées fur eux. Le Cuifinier, interrogé *s'il avait fuivi le fieur de Lally dans fes expéditions*, a répondu *que non, & qu'il était toujours refté à Pondichéry*. Le Valet-de-Chambre, interrogé de même, a répondu *qu'il n'avait point quitté le fervice du fieur de Lally :* mais la joie qu'il a occafionnée par cet aveu n'a pas été de longue durée. A l'inftant où l'on s'applaudiffait de cette ouverture, où l'on s'empreffait d'en profiter, où l'on demandait à ce Valet-de-Chambre *s'il n'avait pas remarqué que dans l'expédition du Tanjaour on n'avait pris aucune précaution*, il a détruit tout le charme de fa première réponfe, en *repréfentant SAGEMENT* au Juge *qu'il n'était pas d'état à approfondir les opérations militaires*.

Il a donc fallu renoncer aux inftructions guerrières qu'on avait prétendu tirer du Valet-de-Chambre & du Cuifinier ; il a fallu fe renfermer triftement avec eux dans les détails domeftiques, & tâcher au moins de tirer parti de leur emploi refpectif pour en faire réfulter quelques charges

Interrog. de Defchiaux, 14 Mai 1765, art. 3. Interrog. de Fofcier, ibid.

Interrogat. 4.

Ibid.

contre mon père. A cet égard, je ne puis nier qu'on a usé de beaucoup de discernement dans l'application des différentes questions qui leur ont été faites.

Par exemple, on sait qu'un Valet-de-Chambre est chargé du soin de la garde-robe de son Maître, & d'introduire chez lui les personnes qui se présentent pour le voir. En conséquence on a voulu faire dire au Valet-de-Chambre de mon père *qu'il avait vu l'habit que portait le sieur de Lally à l'affaire du Tanjaour, & que les marques de son Ordre en étaient arrachées.* On a voulu lui faire dire que *pendant le Siége de Madras le sieur de Lally avait été visité par plusieurs Dames Anglaises qui venaient de Madras.* C'était se ménager une preuve de lâcheté ou d'intelligence avec l'ennemi.

On sait qu'un Cuisinier fait la cuisine, & que les *provisions* lui passent par les mains. En conséquence on a voulu faire donner par le Cuisinier de mon père un état des *provisions* & des *rafraîchissemens apportés au sieur de Lally de la part des Anglais;* on a voulu lui faire dire que, *lors des fouilles faites chez les Habitans, on enlevait les volailles qui servaient à la table du sieur de Lally, tandis qu'on en manquait à l'Hôpital.* C'était se ménager une preuve d'intelligence avec l'ennemi, une de vexation & d'abus d'autorité.

On n'a pas été plus heureux dans ce nouveau projet.

Le Valet-de-Chambre qu'on avait d'abord fait convenir des marques de l'Ordre arrachées, s'est rétracté à son récolement, & pour *les visites des Dames Anglaises,* il *ne se les est pas rappellées.* Le Cuisinier a borné tous les envois de *provisions* & de *rafraîchissemens* qu'avait reçus mon père, *à plusieurs moitiés de mouton, quelques jambons, un barril de harengs & de saumon salé,* & a déclaré *qu'il ne savait d'où cela venait.* Quant aux fouilles, il a dit *qu'il ne sait pas l'usage qu'on en*

Interrog. 5.

Interrog. 6.

Interrog. 7.

Interrog. 8.

Récolement du 17 Mai 1765. Interrog. 6.

Interrog. 7.

Interrog. 8.

F 2

avait fait, & qu'à l'égard des volailles, il y en avait eu une petite quantité de servie à la table du sieur de Lally.

On leur a encore fait quelques autres questions, & malgré l'impossibilité qu'ils avaient annoncée de fournir le plus petit éclaircissement sur les opérations du Général, la démangeaison de parler guerre, ou tout au moins politique, s'est encore fait sentir dans plusieurs de ces questions. Plusieurs ont roulé

Foscier, Int. 21. Deschaux, 9 & 10.

sur *les fusées ; sur l'alarme du 8 au 9 Octobre ; sur les ordres donnés pour faire la ronde sur tous les remparts, & pour faire sortir les Grenadiers du fort ; sur le projet de mon père, s'il y avait une escalade, de se renfermer dans le fort, de faire lever les ponts & de faire sa capitulation ; sur la reddition de la place ; sur l'entretien de mon père enfermé long-temps avec le Général Anglais ; sur l'offre des conditions avantageuses faites alors par le Général Anglais ; enfin, sur la régie des Domaines de la Compagnie ; sur la nomination du Fermier Ramalinga & sur celle du Nabab Rajazaëb.* Mais toutes ces questions n'ont pas été plus fructueuses que les autres. En vain, pour ne pas quitter ces témoins-accusés sans en avoir tiré quelque chose, on leur a demandé compte des conversations familières tenues soit dans les antichambres, soit dans

Foscier, 20.

les cuisines, des *OUI-DIRE DE LA MAISON ;* leurs réponses continuelles ont été *qu'ils ne savaient pas . . . . qu'ils ne pouvaient pas être instruits . . . qu'ils ne croyaient pas . . . . qu'ils n'avaient aucune connoissance . . . . qu'ils n'avaient pu être témoins . . . . qu'ils ne pouvaient savoir . . . . qu'ils ne pouvaient rendre compte . . . . qu'ils n'en avaient pas même entendu parler* (1). . . . .

_____

(1) *Interrogatoire de Foscier,* 4, 6, 7, 8, 9, 10, 11, 12, 13, 14, 16, 17, 19, 20, 21. Cet interrogatoire a 21 articles. *Interrogatoire de Deschaux,* 5, 6, 7, 8, 9. Cet interrogatoire a 11 articles.

Je ne puis, en terminant cet article, me refuſer à une réflexion.

Voilà donc le fondement ſur lequel deux Citoyens ont été traités en coupables, arrachés à leur famille, ſéparés de la Société, jetés dans le ſéjour du crime! Pas un article qui les concernât dans le procès; pas un trait qui fût dirigé contre eux dans les accuſations; pas une charge qui réſultât contre eux des dépoſitions; pas une queſtion qui fût perſonnelle à à eux dans les interrogatoires, & un décret de priſe de corps, & la Baſtille & la Conciergerie! Et on aura cru tout réparer vis-à-vis d'eux par un Arrêt, qui ajoutant le menſonge à la tirannie, *les renvoie des accuſations contre eux intentées*, tandis qu'il n'y a pas eu une ſeule *accuſation contre eux intentée* ! Et l'obſcurité de deux Citoyens aura paru un titre pour favoriſer leur oppreſſion! Et l'on aura attenté impitoyablement à leur liberté, parce que l'on aura été ſûr d'y attenter impunément! Et dorénavant, lorſqu'on aura juré la perte d'un innocent, on ira chercher des inſtrumens à cette perte & des témoins contre cet innocent, dans cette claſſe d'hommes que la crainte rend ordinairement ſuſceptibles de toutes les impreſſions qu'on veut leur donner, parce que leur faibleſſe les rend ordinairement victimes de toutes les injuſtices qu'on veut leur faire éprouver! Et l'on commencera par intimider ces hommes faibles avant de les entendre; on les décrétera, on les empriſonnera: c'eſt au bruit des chaînes, c'eſt dans l'horreur des cachots qu'on les preſſera de dépoſer contre l'infortuné qu'on aura dévoué à la mort! Et dans l'inſtant même où *un commandement labial & purement oſtenſif* leur aura fait prêter ſerment de dire vérité, on les preſſera, on les forcera preſqu'inévitablement à ſe parjurer par un *commandement* mille fois plus réel & plus impérieux, celui des violences qu'on aura exercées contre eux, celui de la partialité qu'on manifestera devant eux, s'ils ne remplissent pas ce qu'on leur aura montré désirer & attendre d'eux ! Et c'est au sein d'une pareille procédure qu'on osera parler *d'abus d'autorité*, de *la rigueur de nos voisins ?* Ah ! si mon père eût jamais fait un usage semblable de son autorité, moi-même aujourd'hui je m'élèverais, je crois, contre sa mémoire. Quant à *la rigueur de nos voisins*, oui sans doute, c'est-là le cas, le seul cas où elle existe ; c'est-là le cas, le seul cas de la citer ; mais pour l'envier, mais pour gémir, disons mieux, pour rougir de *ne pas la porter aussi loin qu'eux !* Eh qu'elle est précieuse, qu'elle est consolante cette *rigueur* que l'on met à apprécier les droits de l'humanité ; cette *rigueur* qui jamais ne compte la vie & la liberté d'un homme moins que la vie & la liberté d'un autre homme ; cette *rigueur* enfin qui chez *nos voisins* eût ordonné que l'emprisonnement illégal d'un Valet-de-Chambre & d'un Cuisinier coûtât soixante-neuf mille cent vingt livres (1) à leur auteur constitué en dignité, & se prétendant revêtu de toute *l'autorité royale*.

Reprenons le fil des procédures militaires. Sur nos cinq Oracles en voilà deux absolument muets. Sur nos cinq Juges d'armes en voilà deux mis tout-à-coup hors de la barriere. Passons au Brandevinier.

Brandevinier.   Cet homme ci-devant Laquais, puis Aubergiste à Pondichéry lors de l'arrivée des troupes du Roi dans l'Inde, avait été se constituer Marchand d'arraque au siége de Madras, après la prise de la Ville noire. L'affluence des habitans ac-

---

(1) A deux guinées par heure de prison. Ils ont été enfermés un mois, tant à la Bastille qu'à la Conciergerie.

courus de Pondichéry dans cette Ville, pour partager le butin du Soldat, gênant & retardant les travaux du siège, des ordres avaient été publiés, qui leur avaient enjoint à tous de se retirer sur-le-champ. Quoique le Brandevinier fût un de ceux que ces ordres concernaient le plus particulièrement, puisqu'à entendre les ennemis même de mon père, *les travaux de la tranchée étaient faits par des hommes ivres, & que les Soldats se colletaient avec leurs Officiers*, il avait cependant cru pouvoir se dispenser d'obéir, &, sous main, avait continué son trafic frauduleux & illicite. Il avait été découvert, dénoncé & arrêté par le Grand-Prévôt; on avait saisi avec la boisson qu'il vendait, quelques porcelaines qu'il avait reçues des Soldats en guise d'argent, & le tout avait été envoyé au magasin de la Compagnie. De retour en France, lorsque mon père avait été jeté dans une prison, on avait persuadé à ce Brandevinier d'intenter contre le Vice-Roi de l'Inde une demande en restitution de quelques misérables pièces de porcelaine. On l'avait annoncé comme *la victime de l'oppression & de la cupidité du Comte de Lally* : & afin que l'objet parût un peu répondre aux cris qu'on élevait, on lui avait fait former une demande de 24,000 livres, sans songer qu'au prix où était cette porcelaine dans l'Inde, sur-tout au pillage de Madras, il eût fallu avoir de quoi en remplir plus de vingt charriots pour faire la valeur de 24000 liv. Mon père avait fait signifier à ce prétendu créancier un Arrêt de surséance, & ses poursuites étaient suspendues. Ces détails ne paraîtront sûrement pas superflus; il était intéressant de montrer dans quelles circonstances ce Brandevinier, témoin, créancier, accusateur, avait été admis au nombre des cinq Oracles militaires qui devaient dicter le Jugement de mon père.

A Dieu ne plaise que je me perde dans toutes les dis-

Voyez la Lettre citée dans le Siècle de Louis XV.

cuffions de tactique de ce Brandevinier ! quelques traits suffi-
ront pour le faire apprécier.

Il a dit qu'après la prife de S^t. David, *fi mon père fe fût
approché de Madras, il n'aurait pas eu la peine d'en faire le
fiége*, & il a décidé nettement *que l'expédition n'aurait pas
plus coûté que celle du Tanjaour, qui n'a rien coûté.*

Il a dit que mon père s'était éloigné de Madras pour
déguifer l'intention où il était de ne pas l'affiéger, & il a
expliqué cette intention en difant que le *Gouverneur Pigot
avait offert un million à mon père pour ne pas attaquer alors
Madras.* Cette accufation a été prife mot pour mot dans
celles imaginées autrefois contre la Bourdonnais, & sûrement
ce n'eft pas le Brandevinier qui l'y a prife.

Il a dit que *pendant le fiége de Madras les Dames anglaifes
fortaient de la Ville en palanquins, & allaient voir M. de Lally
dans fon camp où elles lui portaient de l'argent.*

Il a dit que M. de Buffy revenant de chez Baffaletzingue
avec les dix-huit cents Noirs qui n'ont pas voulu fe battre
un mois après à Vandavachi, *tenait refferrés les Anglais* forts
de deux mille fix cents Européens & de quatre mille Noirs,
& *qu'il y a tout lieu de croire que ces Anglais fe feraient
débandés ; mais que M. de Lally était venu fe mettre à la tête
des troupes* exprès pour *faire changer la pofition*, & qu'il avait
affiégé les ennemis dans Vandavachi pour les dégager à Arcate.

Il a reproché à mon père *d'avoir rangé fon Armée en bataille
à la vue de l'ennemi lors de l'affaire de Vandavachi.*

Il a dit que dans cette bataille *nous avions été obligés de
céder à la fupériorité*, & puis, *en s'étonnant que les ennemis ne
nous euffent pas pourfuivis*, il en a conclu que M. de Lally
était dès-lors convenu de livrer aux Anglais les poffeffions de la
Colonie ; que POUR CACHER SON JEU il fe ferait battre, &
qu'on

qu'on le laifferait regagner Pondichéry, où bientôt il ferait affiégé.

Il a dit que ce Général qui avait promis *de regagner Pondichéry après s'être fait battre*, avait manqué à fa parole *en venant prendre le camp de Perimbé qui était inattaquable, & que le Major-Général Allen, à qui l'on avait laiffé le commandement, avait quitté ce camp pour faciliter aux ennemis le fuccès du fiége de Villenour.* La retraite de Perimbé était du mois de Mars 1760, & le fiége de Villenour de la fin de Juillet : mon père a *obfervé*, à fa confrontation, que *le témoin rendait bien mal-adroitement ce qu'on lui avait fouflé :* mais dans le procès de mon père, les *témoins fouflés* n'avaient pas plus à craindre de leur *mal-adreffe*, que les accufés n'avaient à efpérer de leurs *obfervations*.

Enfin, ce Brandevinier a dit que mon père *était convenu avec les Anglais de leur livrer Pondichéry le 25 Septembre 1760 ;* & puis il a dit que *les Anglais avaient été obligés d'en former le blocus ;* & puis il a dit que c'étaient *les habitans qui avaient envoyé des articles de capitulation* le 16 Janvier 1761 ; & puis, que mon père s'était *fait bien payer* par les Généraux anglais pour les avoir attrapés jufqu'au bout ; & puis, que ces Généraux s'étaient vantés *tout haut* de leur bon marché, en difant *toutes leurs conventions à leurs Officiers*, qui les avaient dites à leurs *Domeftiques*, qui les avaient répétées à d'autres *Domeftiques*, qui étaient venus les conter *à un Aubergifte* & à lui Brandevinier, qui venait les redire au Parlement de Paris. On rougit en vérité de répéter tant d'abfurdités.

Mais nous voici arrivés au perfonnage le plus important, à l'Oracle des Oracles, au Palefrenier Michelard.

Cet Oracle a eu un précurfeur; il était bien digne d'en avoir. Ce précurfeur était la femme du Palefrenier lui-même; elle

III. *Partie.*   G

La femme du
Palefrenier.

était bien digne d'en fervir. Malheureufement elle a prétendu quelque chofe de plus : après avoir paru fe borner à annoncer la miffion de fon mari, elle a voulu, pour ainfi dire, l'ébaucher, & elle s'eft un peu égarée.

Elle avait commencé par obferver modeftement *qu'elle s'était renfermée dans le foin de fon ménage*, & cette obfervation n'était pas fans adreffe : la gravité de ce Mémoire ne me permet pas d'en dire davantage, & je me tais fur le refus qu'on a fait aux accufés, notamment au Chevalier de Gadeville, d'écrire les reproches qu'ils fourniffaient contre cette femme.

Elle avait averti enfuite que *fon état né l'avait pas mife à portée d'avoir connaiffance de l'Adminiftration & du Gouvernement* : & cet avertiffement, fuperflu & ridicule dans tout autre procès, alors n'était pas fans utilité ni même fans fageffe.

Mais bientôt elle a oublié & *fon ménage* & *fon état*. Sous prétexte *de rendre compte de ce qui était perfonnel à fon mari*, elle a voulu effleurer ce qui était relatif *à l'Adminiftration* & *au Gouvernement* civils & militaires; elle a voulu préluder à ce que ce mari devait dire, & pour le coup fon prélude n'a été ni adroit, ni utile, ni fage. Elle eft tombée dans des contradiétions avec ce mari, dans des anachronifmes, dans une confufion, qui euffent fuffi pour perdre l'un & l'autre, fi l'on eût pu fe perdre en difant du mal de mon père.

Il ferait peut-être cruel & fûrement faftidieux de mettre aux prifes le mari & la femme : nous nous contenterons de citer *une circonftance qui eft du crû feul de la femme*, ainfi *Confrontation.* que difait mon père, & qui fera fur-le-champ juger le témoignage & la témoin.

Elle a dit cette femme, qu'une Anglaife nommée *Vaudebaon, lui avait dit dans la traverfée, que M. de Lally avait promis de rendre la Place trois mois plutôt ; que ce délai avait été cause de la perte des vaisseaux anglais que l'ouragan du mois de Janvier avait fait périr, & que l'Amiral Pocock le rendrait garant de la perte de ses vaisseaux.*

C'est déjà un spectacle bien singulier que celui d'un Général qui fait sans cesse des promesses à l'Ennemi, & qui sans cesse l'attrape ; qui s'engage toujours à favoriser les entreprises de cet Ennemi, & qui lui fait toujours le plus de mal qu'il peut. C'est un spectacle plus singulier encore que celui d'un Amiral anglais voulant intenter un procès, en Angleterre, à un Général français, & lui demandant des *dommages & intérêts* pour des vaisseaux que lui Amiral anglais a perdus en bloquant une Place défendue par ce Général français. Mais voici qui surpasse tout. C'est du 15 au 16 Janvier 1761 que Pondichéry a été rendu. C'est du 1 au 2 Janvier 1761, qu'un ouragan, tel qu'on n'en avait point encore vu, a brisé une partie des vaisseaux anglais, *vaisseaux de l'Amiral Pocok*, suivant la témoin. C'est trois mois plutôt, par conséquent du 15 au 16 Octobre 1760, que mon père avait promis de rendre la Place à l'Amiral Pocok, suivant la témoin. Or, l'Amiral Pocok avait quitté la côte au mois de Novembre 1759, & il n'y a plus reparu, ayant été rappellé par sa Cour. C'est l'Amiral Cornisch qui a mouillé devant Madras le 24 Février 1760, & devant Pondichéry le 18 Mars suivant. C'est l'Amiral Steven qui a bloqué Pondichéry jusqu'à l'instant de sa reddition. C'est l'Amiral Steven qui a essuyé l'ouragan, la perte du mois de Janvier 1761.

Au reste, quoique la Michelard en ait encore trop dit, vu la manière dont elle disait, elle n'en a cependant pas dit beaucoup. Sa déposition n'a pas plus de quatre pages. Dans plusieurs endroits, & sur-tout à la fin, elle s'est rappellé sa miffion de précurfeur, & elle l'a remplie. Elle a annoncé l'Oracle fon mari. Elle l'a garanti. Elle a affuré que foi lui était due; qu'il était *en état* de rendre compte, *beaucoup plus en état qu'elle* : écoutons-le donc lui-même.

Le Palefrenier.

Ce Palefrenier, prefque d'un mot, a apprécié le mérite de fon maître. Dans le récit qu'il fait de la campagne du Tanjaour, il eft un article qui ne tend à rien moins qu'à décider que MON PÈRE NE SAVAIT PAS SEULEMENT DISPOSER SON ARMÉE, PAS SEULEMENT PLACER SON CAMP, PAS SEULEMENT POSER DES GRAND'GARDES.

Mais partons du début même de la dépofition, &, d'époque en époque, fuivons le Palefrenier paffant en revue toute la guerre de l'Inde.

Le premier crime qu'il impute à mon père, on ne l'imaginerait jamais, c'eft de n'avoir pas fait les quatre dernières lieues de la traverfée à la nage; c'eft d'avoir emmené un vaiffeau pour être tranfporté perfonnellement à Pondichéry. Il ne tient pas à Michelard qu'on ne foupçonne mon père d'avoir deviné le combat naval du lendemain, & d'avoir emmené ce vaiffeau exprès, pour empêcher que l'efcadre ennemie ne fût détruite. Ce qui eft au moins certain, c'eft qu'il l'a empêché, qu'il le voulût ou non. Si Michelard fe borne à faire foupçonner l'intention, il garantit le fait. Egalement connaiffeur & dans la guerre de mer & dans la guerre de terre, il n'héfite pas à porter fon jugement; fes paroles font décifives; fon décret eft irrévocable. *Le Dépofant, qui était refté fur la flotte, a été témoin que, fi nous avions confervé le vaiffeau de guerre qu'avait emmené le fieur de Lally, l'efcadre ennemie aurait été détruite.* En faifant paffer ce chef dans le

Pages 44, 45.

rapport, on n'a annoncé que des *conjectures affez fortes*, des *indices affez forts*; mais fur tout le refte on a voué au Palefrenier une foi aveugle, & l'on n'a omis de fa dépofition que ce qui était ou trop groffièrement abfurde, ou trop évidemment faux.

Il a dépofé que, *fi après l'entreprife du Fort Saint-David, le fieur de Lally eût marché tout de fuite à Madras, il l'eût emporté facilement, les Anglais n'ayant pas pour-lors affez de monde pour le défendre, & n'étant pas préparés pour foutenir un fiége* : & vîte il a été écrit dans le rapport, que *fi dès la prife de St. David on eût marché à Madras, il était mal pourvu, la conquête en était fûre.* Page 6.

Il a dépofé que le motif allégué par mon père pour marcher dans le Tanjaour, n'était qu'*un prétexte* : & vîte le mot *prétexte* a été écrit dans le rapport. Page 5.

Il a dépofé que mon père *y avait mené la plus grande partie de fon Armée fans s'être pourvu de munitions de guerre* : & vîte il a été configné dans le rapport, qu'*on y avait mené prefque toute l'Armée, qu'on y avait entrepris un fiége fans munitions de guerre.* Pages 5 & 6.

Il a dépofé qu'au fiége de Madras mon père *avait mal pris de tous points fes mefures.* Sur ce chef, le Palefrenier avait été devancé par fa femme ; elle avait même enchéri fur ce qu'il devait en dire : elle avait affuré que *huit jours après le commencement du fiége,* on prévoyait dès-lors qu'on ferait obligé de le lever. Quel coup d'œil ! Quelle pénétration ! Et vîte on en a profité dans le rapport ; on y a paraphrafé, développé *tous les points des mefures mal prifes.* Page 6.

Il a dépofé que l'arrivée des vaiffeaux anglais n'était qu'*un prétexte fous lequel le fieur de Lally avait fait lever le fiége* : & vîte on a fait un crime à mon père dans le rapport, *d'avoir, à l'arrivée des cinq vaiffeaux anglais, levé précipitamment le fiége.* Mais on n'a pas dit dans ce rapport que ce même Page 7.

Palefrenier qui accusait ici mon père d'avoir levé le siége *sous un prétexte*, avait déposé, quatorze lignes plus haut, que mon père *avait été obligé de lever le siége.*

Il a déposé que *les Anglais n'osaient attaquer le sieur de Buffy* (car il est à remarquer que tous ces témoins évidemment payés pour dire du mal de mon père, paraissaient non moins évidemment payés pour dire du bien de M. de Buffy); il a reproché à mon père *de n'avoir pas donné à M. de Buffy le commandement de l'Armée du Dékan* : & vîte on a indiqué, dans le rapport, le sieur de Buffy *comme le Chef dont on avait besoin pour rassurer les esprits*, & l'on a assuré, d'après Michelard, que *ce choix ne devait pas être équivoque.*

Page 9.

Il a déposé que mon père *avait eu de la jalousie du sieur de Buffy* : & vîte on a écrit dans le rapport, au nombre des délits de mon père, *l'aigreur contre le sieur de Buffy ;* on a dit que la *jalousie avait égaré M. de Lally.* Mais le Palefrenier, en voulant ainsi parler de ce qui s'était passé à cent lieues de lui, dans un pays où il n'avait jamais mis le pied, a tout confondu : il a fait donner par mon père le commandement de l'Armée au Marquis de Conflans, & ce commandement lui avait été donné par M. de Buffy. Il a reculé de quatre mois la bataille de Pédapour, & a avancé de quatre mois le projet d'envoyer M. de Buffy chercher des secours dans le Dékan, le tout pour former une combinaison politique, pour faire regarder la perte de la bataille comme l'effet de la lenteur à exécuter le projet d'envoi. On n'a rien dit de tout cela dans le rapport.

Pages 49 & 50.

Il a déposé qu'à la journée de Vandavachy, mon père *s'était mis en bataille avec une très-mauvaise disposition* : & vîte on a écrit dans le rapport, tout en prétendant *ne pas insister sur ce fait,* que *les témoins imputaient cette disgrace à mauvaise disposition.*

Page 16.

Il a dépofé que *fi* mon père, *avant le commencement de la bataille, avait eu la précaution d'envoyer à Chetoupet fes barriques de poudre, ainfi qu'il y avait envoyé fon argenterie, il aurait évité l'accident qui arriva à fes barriques qui fe trouvaient dans un dépôt, ce qui ne contribua pas peu au défordre de l'Armée.* On fe rappelle fans doute l'accident dont parle ici le Palefrenier ; on fe fouvient d'avoir lu que le feu prit à un caiffon d'artillerie, fit fauter en l'air le Chevalier du Poëte avec une partie de fa troupe, & décida la perte de la bataille. Mais *un dépôt de poudre* au milieu d'un champ de bataille ! Mais *la précaution d'envoyer fa poudre à quatre lieües* quand on va fe battre ! O profondeur de l'Oracle ! On s'eft tu fur ce miftere dans le rapport.

Il a dépofé *que ce même accident avait contribué à la prife du fieur de Buffy, qui avait la principale confiance de la Cavalerie, qui fe débanda dès que le Commandant fut fait prifonnier.* Et le fieur de Buffy n'avait été fait prifonnier qu'après la bataille perdue, lorfque toute l'Armée rentrait dans fon camp ! Et lors de la bataille le fieur de Buffy était tout-à-fait à la gauche de l'Armée, & la Cavalerie était tout-à-fait à la droite ! On n'a rien dit de tout cela dans le rapport.

Il a dépofé que *Valdaour était un pofte important, & qui feul pouvait fervir à approvifionner Pondichéry :* & vîte on a écrit dans le rapport que *Valdaour était un pofte de la dernière importance, par l'abondance des vivres que ce canton des plus abondans pouvait fournir à Pondichéry.* *Page 20.*

Il a dépofé que *les Anglais avaient affiégé ce pofte, & que le fieur de Lally avait fait mine de le fecourir :* & vîte on a écrit dans le rapport que *ce pofte avait été attaqué par les Anglais, & que le fieur de Lally avait fait mine de le fecourir.* Ibid.

Il a fait un feul & même évènement de la prife de Valdaour du 17 Avril, de celle de Villenour du 28 Juillet, de
l'attaque du 2 Septembre, & de la prétendue alarme du 8
Octobre. Il a cité le Valet-de-Chambre qui lui a donné un
démenti ; il a contredit le Brandevinier ; il a contredit fa
femme ; il a contredit tous les témoins qui s'étaient contredits
de même entre eux ; il s'eft rallié comme eux & avec eux
au fameux cri des *deux fufées* * : & vîte dans le rapport on
a pallié toutes ces contradictions, on a tout arrangé avec une
adreffe qui tient du prodige (1) ; & après avoir laiffé les témoins
s'égarer çà & là, on s'eft auffi rallié avec eux au point central
des *deux fufée.*

Il a dit, & fa femme avait dit avant lui, que la nuit de

* *Voyez page
196 de la feconde
partie.*

Page 28.

---

(1) Par exemple, d'autres fe fuffent perdus dans cette variété d'é-
poques différentes affignées à un même fait, parmi toutes ces dates
du *fix*, du *fept*, du *quatorze*, du *quinze* Octobre auxquelles les divers
témoins rapportaient cette fameufe alarme. D'un feul mot, tout eft
accommodé dans le rapport : on date le fait du *mois* d'Octobre, & par-là
tous les témoins font accordés : ceux qui ont daté ce fait, l'ont tous
daté d'un jour du *mois* d'Octobre : ceux qui n'ont parlé ni de jour
ni de mois, peu leur importe celui qu'on voudra choifir. D'autres fe
fuffent perdus dans cette variété de verfions oppofées fur ceux qui
avaient ou donné ou reçu l'avis prétendu, caufe de l'*alarme générale.*
Ici, comme nous l'avons déjà fait voir plus d'une fois, cet avis
avait été donné par *un Domeftique cherchant condition* ; là, il l'avait
été par *un Domeftique fidele de 18 ans* ; fuivant la femme du Palefrenier,
il l'avait été par *un'Efpion.* Là cet avis avait été reçu par un *Confeiller,*
là par un *Officier;* fuivant la femme du Palefrenier, il l'avait été par
le *Gouverneur;* fuivant le Jéfuite Lavaur, il l'avait été par *M. de Lally.*
D'un feul mot, tout eft encore accommodé dans le rapport. On dit : *il
vint un avis.* D'où ? par qui ? à qui ? peu importe. *Il vint un avis.* Tous
les témoins par-là font accordés ; tous ont dit qu'*il était venu un avis.*

cette

cette alarme, M. de Lally avait fait fortir fur les glacis tous les Grenadiers, qu'il avait donné ordre de lever les ponts du fort, COMPTANT SANS DOUTE que la Ville ferait prife cette nuit par efcalade, & fe propofant de faire pour lui une capitulation perfonnelle : & vite on a dit dans le rapport que M. de Lally ANNONÇAIT qu'il laifferait prendre & piller la Ville, & que pour lui il s'enfermerait dans le fort, & ferait une capitulation perfonnelle. On n'a point parlé du *pont levé*, parce que l'Ingénieur * de la place avait dépofé que ce pont *ne fe levait point*. On n'a pas parlé de la *fortie des Grenadiers*, parce que fi, felon le Palefrenier, c'était un moyen de faciliter l'efcalade, felon le bon fens c'en était un de l'empêcher.

Page 31.

* Du Paffage.

Il a dépofé que *toute la conduite de M. de Lally, tant avant que depuis le blocus, avait prouvé qu'il ne s'occupait que du foin de mettre fes effets à couvert :* & vite on a configné dans le rapport que la *feule attention de M. de Lally avait paru fe porter à mettre fes effets à couvert.*

Page 66.

Il a dit pour le prouver (& cette fois baiffant fon vol fublime, il s'eft renfermé dans les détails de fon état), *que vers LE 19 NOVEMBRE 1760, il avait reçu un ordre d'apporter au Gouvernement tous les équipages de M. de Lally pour les renfermer dans des malles, & qu'AU COMMENCEMENT DE DÉCEMBRE M. de Lally avait tenté de partir incognito par une des deux frégates la Baleine & l'Hermione ;* fa femme avait dépofé la même chofe : & vite on a fongé dans le rapport qu'il fallait tirer parti de cette double dépofition. Mais on a fenti qu'il y avait ici un faux à couvrir; on a fenti qu'il était difficile que mon père, foit au COMMENCEMENT DE DÉCEMBRE, foit au DIX-NEUF NOVEMBRE, eût tenté de partir par une des deux frégates la Baleine & l'Hermione, que les Anglais avaient prifes DANS LA NUIT DU 6 AU 7 OCTOBRE. En conféquence en

H

prenant le fait dans la dépofition des deux témoins, on a fupprimé la fauffe date. A l'énonciation précife des deux frégates, on a fubftitué l'expreffion vague *par mer*, & l'on a dit :

Page 31. APRÈS LE MOIS D'OCTOBRE.... *le fieur de Lally annonçait*
Page 66. *qu'il s'échapperait* PAR MER.... EN NOVEMBRE *il effayait de faire emballer fes équipages.*

Il ferait trop long de fuivre pas à pas l'Oracle Palefrenier, décidant des *mefures* que mon père aurait dû prendre, des *forties* qu'il aurait dû faire, des *ordres* qu'il aurait dû donner, des Officiers qu'il aurait dû *employer*, de ceux qu'il aurait dû *punir*; lui reprochant *d'avoir mis* les uns *aux arrêts*, & de *n'en avoir pas mis* d'autres *au Confeil de guerre*; jugeant enfin, non-feulement ce que mon père avait fait, non-feulement ce que mon père aurait dû faire, mais même ce qu'il avait voulu faire, même ce qu'il aurait fait; & toujours ayant la confolation de voir fon jugement préparer & former le jugement du Rapporteur. Deux traits choifis parmi ceux de la dernière efpèce, parmi ceux dans lefquels il s'agit bien moins des actions que des intentions de mon père, vont terminer, & font dignes de couronner un parallele dont nous rougiffons nous-mêmes pour ceux qui en font l'objet, mais que la néceffité, la plus forte néceffité, celle du devoir, nous a forcés de produire.

De ces deux traits, l'un eft relatif au deffechement des foffés, l'autre à la punition de trois Officiers. On va lire les textes.

PREMIER TRAIT.

Le Palefrenier.	*Le Rapporteur.*
Le fieur de Lally a donné ordre de faire écouler l'eau des	Le fieur de Lally donna ordre de couper l'éclufe qui fou-

foſſés, *ſous prétexte* d'en donner le poiſſon au Soldat.

tenait l'inondation du nord, *ſous prétexte* d'en faire pêcher le poiſſon & d'en nourrir le Soldat.

Ce qui heureuſement ne fut pas exécuté, la place aurait été priſe d'aſſaut la nuit même.

Heureuſement ces ordres ridicules ne furent pas exécutés; la Ville eût pu, dans une nuit, être priſe d'aſſaut. Page 38.

SECOND TRAIT.

Le Palefrenier.   Le Rapporteur.

Le ſieur de Lally a exercé toutes ſortes de violences contre les *meilleurs Officiers*, tels que le *Vicomte de Fumel*, le ſieur *de Carriere*, Lieutenant-Colonel de Lorraine, le *Chevalier d'Harembure*, commandant le bataillon de l'Inde, qui tous ont été mis aux arrêts plus d'un mois avant qu'il rendît la place :

Tout devient révolte aux yeux du ſieur de Lally, quand on lui déplaît... Le Chevalier d'Harembure, Commandant du bataillon de l'Inde, le ſieur de Carriere, Commandant du bataillon de Lorraine, le Vicomte de Fumel, Major-Général, ſont tous trois hors de commandement, & aux arrêts. Page 67.

Parce qu'il voulait ÉCARTER ceux qui s'y ſeraient oppoſés.

Mais ces préliminaires étaient néceſſaires : les Chefs des Corps ÉCARTÉS, il ne reſtait plus, Page 68.
pour former un Conſeil de guerre, que des gens, ou faibles, ou dévoués ſervilement aux caprices du ſieur de Lally.

Aſſurément il n'y a pas un ſeul mot dans le rapport qui ne ſoit, ou une copie littérale, ou un commentaire évident de la dépoſition du Palefrenier. Ainſi, ce ſont moins encore les

H 2

récits du Palefrenier que ſes opinions, ſes déciſions, ſes jugemens, que l'on a pris pour règle. Ainſi cette qualification d'Oracle, ſous laquelle nous avons déſigné ce Palefrenier, & qui d'abord eût pu paraître, de notre part, le fruit de l'amertume & du reſſentiment, a été réellement priſe dans la vérité, puiſqu'on a conſulté & cru ce Palefrenier ſur ce qu'il n'eſt pas donné à l'homme de connaître; puiſqu'avec lui, comme lui & par lui, on a prétendu lire clairement dans ce qu'il y a de plus impénétrable, dans le fond des volontés, plus que dans l'avenir, dans ce qui aurait été & ce qui n'avait pas été, dans ce qui n'était pas & ne pouvait plus être.

Hélas! quand mon malheureux père répondait à la dernière inculpation que nous venons de voir; quand il diſait : *La Cour prononcera ſur le Jugement qu'un Domeſtique oſe porter de la conduite d'un Chef de l'Inde vis-à-vis des Officiers qu'il a eu occaſion de punir, & l'accuſé la ſupplie d'obſerver la raiſon politique qu'en donne ce Domeſtique;* quoiqu'il prévît dès-lors la deſtination de Michelard, & le grand rôle auquel il était appellé, il était loin cependant d'imaginer que ce Michelard ſerait tranſcrit ſur des allégations auſſi extravagantes : il était loin de penſer que la *raiſon politique donnée par ſon Domeſtique* deviendrait *la raiſon politique donnée par ſon Rapporteur;* qu'au lieu d'être *obſervée,* elle ſerait conſacrée *par la Cour;* que *la Cour* enfin, au lieu de *prononcer SUR le Jugement du Domeſtique, prononcerait D'APRÈS le Jugement du Domeſtique.*

Confrontation.
8 Mai 1765.

Le Palefrenier a ſuivi mon père juſqu'au dernier inſtant. Il a parlé du blocus comme on en a parlé dans le rapport. Il a parlé des fouilles comme on en a parlé dans le rapport. Il a parlé de la capitulation comme on en a parlé dans le rapport. Il a parlé de l'entretien des deux Généraux tête à tête, comme on en a parlé dans le rapport. Mais voici ce dont il a parlé, & ce dont on n'a pas parlé dans le rapport. C'est toujours le Palefrenier lui-même qu'on va entendre, & l'on entendra aussi la femme du Palefrenier. Le rapprochement est encore nécessaire & la comparaison est encore précieuse.

La femme du Palefrenier.	*Le Palefrenier.*
Lorsque les Anglais firent l'ouverture des malles de M. de Lally, le Commissaire anglais qui présidait à cette opération,	Le Commissaire anglais vint pour faire la visite. Toutes les malles furent ouvertes en présence du déposant, le Commissaire fit prendre un télescope & le fauteuil royal.
Dit au mari de la déposante qui le lui a rapporté,	Dit ensuite le Commissaire au déposant,
Qu'il était étonné de ne point trouver l'argent appartenant au sieur de Lally.	*Qu'il n'avait point trouvé l'argent du sieur de Lally.*
Que le mari d'elle déposante lui répondit, *si M. de Lally avait eu de l'argent, nous ne serions pas dans le cas où nous nous trouvons.*	Le déposant répliqua, *est-ce que M. de Lally a de l'argent?*
A quoi le Commissaire répondit, *qu'a-t-il donc fait des quatorze lacks de roupies qu'il a touchées pour la place?*	A quoi le Commissaire anglais répliqua que *le sieur de Lally avait touché quatorze lacks pour la place.*

S'il y avait dans la déposition du couple domestique, un

objet qui pût trouver place dans le rapport, c'était fans doute ce que je viens de tranfcrire; non-feulement Michelard n'avait rien articulé de plus précis, mais ici les Juges & les témoins étaient compétens.

Les Juges étaient compétens. Il s'agiffait d'un délit pofitif, objet direct de leur miffion, du délit de *haute trahifon* mentionné dans les Lettres d'attribution, porté dans la plainte de M. le Procureur-Général, défini dans les Ordonnances.

Les témoins étaient compétens. Dans les opérations de guerre, tout le monde ne voit pas avec des yeux & n'entend pas avec des oreilles. Mais tout le monde avec des yeux voit un homme fouiller dans un coffre. Tout le monde, avec des oreilles, entend l'homme qui fouille dans ce coffre, dire qu'il eft étonné de n'y pas trouver l'argent qu'il a donné.

Pourquoi donc, lorfqu'on répétait le Palefrenier fur des fiéges, fur des batailles, fur tout ce qu'il ne pouvait connaître & qu'on ne devait pas juger, a-t-on entiérement écarté le feul chef de fa dépofition fur lequel il pût être cru, & fur lequel on eût à prononcer? Pourquoi n'en a-t-on pas dit un feul mot? Voici pourquoi.

Parce qu'il a paru trop abfurde de faire acheter par les Anglais une place qu'ils étaient phifiquement fûrs de prendre, & qui s'eft rendue quand elle ne pouvait plus tenir une heure de plus; de la faire acheter quatorze lacks, tandis qu'elle ne valait pas la moitié de cette fomme à l'inftant de fa prife. Le menfonge était trop groffier, le faux témoignage trop évident.

Parce qu'il a paru trop dangereux de montrer d'un côté cinquante-quatre témoins qui n'étaient pas encore tout-à-fait incapables de réflexion, n'ofant articuler contre mon père ni tradition, ni trahifon, les plus acharnés déclarant même *qu'ils ne prétendaient pas en inférer aucun foupçon* : de l'autre, trois témoins, inftrumens bruts de la haine qui les mettait en œuvre, un Brandevinier, un Palefrenier, fa femme, ofant feuls articuler les mots précis de *vente*, d'*achat*, d'*argent*, de *paiement*; & fur ces trois, le Palefrenier feul, abfolument feul, ofant dépofer affirmativement d'un fait précis, d'une fomme précife, d'une connaiffance perfonnelle. Le parallele était trop frappant, la fubornation trop palpable.

Parce qu'en rapprochant la verfion du Palefrenier de celle de fa femme, on a vu que fi les deux dialogues paraiffaient conformes dans un point, ils étaient oppofés dans un autre. La contradiction était trop manifefte, la conféquence qui en réfultait, trop redoutable.

Parce qu'on a fongé qu'à cette fouille, qu'à cette vifite des effets de mon père, il avait affifté un Commiffaire nommé par le Confeil de Pondichéry, & entendu au procès; que dès-lors, à moins d'avoir perdu entièrement la raifon, perfonne n'imaginerait jamais, ou que le Commiffaire anglais eût choifi le Palefrenier de préférence au Confeiller, pour lui faire une pareille confidence, ou que le Confeiller de Pondichéry eût pu taire cette confidence, fi elle lui eût été faite. L'invraifemblance était trop forte, l'impoffibilité trop démontrée.

Parce qu'enfin l'on faifait des faux pour couvrir les faux du Palefrenier, & qu'ainfi l'on était bien loin de produire ce qui eût mis ces faux dans le plus grand jour; parce qu'il fallait perdre mon père, que tout était conféquent à ce grand intérêt, à cet unique but; & la même raifon faifait enfevelir ici le témoignage du Palefrenier, qui lui avait fait donner la publicité & la fanction de Loi fur tous les autres objets, fur les opérations, fur la conduite, fur la difcipline, fur le mérite militaires.

Au refte, dans un moment où nous nous élevons contre les réticences perfides, ne gardons pas nous-mêmes un filence qui nous mériterait un femblable reproche. Ne dérobons pas à Michelard une partie de fa gloire. Si le temps ne nous permet pas de la déployer dans toute fon étendue, au moins indiquons-la. Obligés de mettre des bornes à cet ouvrage, avouons qu'il n'en eft point aux connaiffances du Palefrenier; que s'il s'eft adonné principalement à la fcience militaire, il ne s'y eft pas livré exclufivement; qu'il a parlé *traités*, *négociations*, *adminiftration*; qu'il a prononcé fur tous ces nouveaux objets, auffi fouverainement que fur le premier; qu'enfin, il n'y a pas eu dans l'Inde d'évènement, même de projet important, foit éloigné foit voifin, foit public foit fecret, que l'Oracle Palefrenier n'ait connu ou deviné, fur lequel il n'ait apporté fon récit, donné fon avis, exercé fa critique. « Cet

Confrontation. » homme, difait mon père, n'eft jamais forti de mon écurie, » & à l'entendre, on croirait qu'il n'eft jamais forti de mon » cabinet. »

Avouons encore que malgré les abfurdités femées çà & là, malgré la confufion des faits & des dates, fa dépofition eft généralement écrite dans un ftile très-pur, même avec méthode & avec précifion, avec des divifions & des fubdivifions, avec des principes & des conféquences.

Voyons donc enfin cet homme fi éloquent, fi profond, fi univerfel; voyons-le dans l'inftant critique & décifif de la confrontation. Quelle foudaine métamorphofe !

Mon père indigné s'écrie *qu'il ne peut fe difpenfer de témoigner fa furprife de ce que, dans le nombre de tous fes Domeftiques, on lui confronte précifément celui avec lequel il eft en procès, & contre lequel il a obtenu une Sentence au Châtelet :* & Michelard, à qui on avait fait jurer *qu'il n'était ni Serviteur,*

Serviteur, *ni Domeſtique de l'Accuſé*, n'a rien de plus preſſé que de parler *de 17 mois de gages* qu'il prétend lui être dus, & pour leſquels il a donné une *aſſignation* à ſon Maître.

Mon père lui reproche *d'avoir été chaſſé de la Compagnie de la Tour où il était Soldat* : & Michelard répond qu'*il n'a pas été chaſſé par ſon Capitaine ; mais qu'il a demandé ſon congé, parce que ſon Capitaine était un mauvais ſujet.*

Mon père lui reproche d'avoir *inſulté griévement le Grand-Prévôt, qui en avait porté des plaintes* : & Michelard répond, qu'*il n'a point eu de querelle avec le Grand-Prévôt, ſi ce n'eſt une altercation.*

Mon père confond tous ſes menſonges, *il demande juſtice à la Cour d'un témoin évidemment ſuborné.* Il s'écrie, *que ſi de pareilles impoſtures ne ſont pas punies, il eſt inutile que l'innocence cherche à ſe défendre.* Il l'interpelle ſur quelques chefs pris au haſard ; il le preſſe de ſoutenir, de juſtifier, d'expliquer ce qu'il a dit : & Michelard tremble, balbutie, ne ſait pas ſeulement ce dont on lui parle, & finit par dire qu'*il ne veut pas répondre par reſpeɛt pour la Cour & pour l'Accuſé.* Mon père prend aɛte de ſon impuiſſance à deux différentes repriſes. *Et par l'Accuſé a été dit que nous avons pu voir par le début de ce témoin dans ſa replique aux reproches, quil eſt impoſſible que ce même témoin ait pu raſſembler dans de ſi bons termes, un amas d'impoſtures pareilles au contenu de ſa dépoſition..... Et par l'Accuſé a été dit, qu'il nous ſupplie d'obſerver l'embarras avec lequel le témoin répond aux repliques de lui Accuſé, ce qui prouve qu'il n'a jamais pu être en état de faire une dépoſition pareille, ſans avoir été ſoufflé.....*

On voit aɛtuellement juſqu'où l'ignorance des formes a conduit dans le procès militaire intenté contre mon malheureux père, & l'on eſt en état, plus que jamais, d'apprécier toute

III. *Partie.*　　　　　　　　　　　　I

cette procédure, par l'efpece des individus qui en ont été
les inftrumens, & notamment par celui qui en a été, pour
ainfi dire, l'ame toute entière. Il ne fallait rien moins qu'un
intérêt auffi puiffant, rien moins que le defir de mettre dans
tout fon jour une vérité auffi importante, pour me déterminer à dévorer un travail auffi dégoûtant que celui auquel je
viens de me livrer, & fur-tout pour me forcer à fortir de
moi-même, à prendre un ton qui ne fied ni à ma fituation,
ni à mes fentimens, dans la néceffité de verfer le ridicule à
pleines mains fur ce qui ne peut être combattu & détruit
que par le ridicule, & dans l'impoffibilité abfolue de traiter
toujours férieufement ce qui peut être regardé comme le comble
de la folie humaine.

C'eft parce que j'avais fenti cette néceffité, c'eft parce que
je répugnais à m'y foumettre, que d'abord je m'étais borné
à indiquer la dépofition du Brandevinier, du Palefrenier &
fa femme, fans m'appefantir fur leurs détails; j'avais même
dédaigné de les approfondir : mais depuis j'ai lu & relu ces
dépofitions, fur-tout celle du Palefrenier; j'ai lu & relu le
rapport. J'ai été frappé de la connexité perpétuelle qu'il y
a entre toutes ces pièces. J'ai faifi le rôle qu'avait joué l'Auteur de cette dépofition. J'ai faifi le modèle qu'avait fuivi
l'Auteur de ce rapport. J'ai vu dès-lors qu'il m'était impoffible de me refufer à une analife fuivie, à un examen détaillé,
qu'il fallait abfolument triompher de ma répugnance ; & quant
au nouveau ton que j'allais être obligé de prendre, & qui
naiffait inévitablement du fond même de la matière que j'allais traiter, j'ai ofé croire mes fentimens trop connus pour
qu'ils puffent être calomniés; j'ai penfé que fans doute on
ne mettrait pas fur le compte de la légèreté & de l'infenfi-
bilité, ce qui n'était que l'effet de la néceffité; qu'enfin on

faurait diftinguer le fiel d'une amertume légitime d'avec le farcafme d'une ironie déplacée.

Une chofe remarquable, c'eft que les idées de mon père
fur la dépofition de Michelard, ont fuivi la même progref-
fion que les miennes.

Confronté avec ce Palefrenier pendant deux vacations, il
avait dédaigné, à la première, de lui répondre en détail.
Ses paroles font trop frappantes pour que nous ne les rap-
portions pas en entier, au rifque même de répéter quelques-
unes des phrafes que l'on connaît déjà. « Et par l'Accufé a
» été dit, que nous avons pu voir, par le début de ce té-
» moin dans fa replique aux reproches, qu'il eft impoffible
» que ce témoin ait pu raffembler & dans de fi bons termes,
» un amas d'impoftures pareilles au contenu de fa dépofition.
» Qu'il eft impoffible, pour un Valet d'écurie, de citer &
» de rendre compte de faits de guerre & de traités dont il
» ne pouvait pas y avoir même un Officier de l'Armée inf-
» truit, hors ceux qu'il a plû à l'Accufé employer à cette
» befogne. Qu'il eft plus qu'incroyable qu'un homme attaché
» au foin d'une écurie, ofe décider des poftes avantageux
» ou défavantageux que l'Accufé faifait prendre à fon Armée
» pendant le cours d'une guerre de trois ans...... Que l'af-
» fectation de placer trois ou quatre abfurdités qui font de
» fon état, dans une multitude de faits rapportés avec pré-
» cifion, prouve que cette dépofition n'eft pas de lui; & la
» confufion que ce même témoin met dans les faits & dates,
» prouve également que la mémoire lui a manqué dans fa
» dépofition....... La marche dans le Tanjaour & les rai-
» fons qui l'ont déterminée n'étant pas du reffort du témoin,
» l'Accufé ne s'humiliera pas à lui en rendre compte.......
» Il méprife de répondre à un Piqueur d'écurie, fur les bonnes

I 2

» ou mauvaifes difpofitions qu'il prenait avec fon Armée,
» &c. &c.

Mais dans l'intervalle des deux vacations, mon père réfléchit
à ce qu'il avait entendu. Il perça le voile qui couvrait la
trame ourdie contre lui. Il porta une attention plus férieufe
à la feconde lecture qui lui fut faite de la dépofition de Michelard, & il ne douta plus : il fentit toute l'importance de
ce Palefrenier ; il jugea fa deftination. O vous, Détracteurs
impudens, Ecrivains téméraires, hommes honnêtes furpris,
qui avez vu mon père comme un être également dénué de
pénétration & de prudence, n'agiffant jamais que par l'im-
pulfion fubite du moment, fans vues dans fa conduite, fans
fuite dans fes idées, comme un être prefqu'infenfé, abfolument incapable de rien combiner & de rien prévoir, voyez
mon père du fond de fa prifon, lifant dans l'avenir. Ecoutez-
le difant dès-lors tout ce que vous pourriez dire aujour-'hui
que vous êtes inftruit par l'évènement, & fouhaitez que tous
ceux qui font chargés d'une partie quelconque de votre adminiftration, aient autant de pénétration pour prévoir vos
malheurs, parce qu'ils pourront les prévenir, que mon père
en a eu pour prévoir les fiens qu'il ne pouvait empêcher.
« L'Accufé continuant de répondre, a dit qu'il avoue qu'il
» a été fi frappé & fi confondu, quand on lui a confronté
» hier un Domeftique mécontent & avec lequel il eft en
» procès, un homme dont les cinquante-deux confrontations
» précédentes qu'il a effuyées ne font feulement pas men-
» tion, qu'il a négligé de répondre aux premières charges
» de ce témoin fuborné par une cabale infernale. Mais comme
» il a vu clairement par la lecture de fa dépofition, qu'il
» n'a jamais été en état de faire lui-même, que cette dépofi-
» tion eft un RÉCENSEMENT ET UN RÉSUMÉ de toutes les

» accufations portées dans les 52 dépofitions précédentes,
» que c'eft UNE ESPÈCE DE RAPPORT INDIQUÉ AU COMMIS-
» SAIRE ET AUX JUGES, pour jeter un blâme général fur
» la conduite de l'Accufé, faute d'une feule preuve d'un feul
» délit, l'Accufé ajoutera, &c. &c. » Et dès cet inftant mon
père fe livra aux plus grands détails, parce qu'il les fentit néceffaires. Il releva tout, il répondit à tout, aux plus grands
comme aux plus minces objets, il dicta enfin les vingt pages
de repliques auxquelles Michelard n'a pu répondre par *refpect*
pour la Cour.

Un Général d'Armée difcutant fes opérations militaires avec
fon Palefrenier, en préfence d'un Confeiller de Grand'Chambre,
fur la dénonciation de deux Moines & de dix Marchands,
offre une de ces fingularités à peine croyables pour le fiècle
même qui les a vues.

A partir de ce feul point, qu'on imagine tout ce que l'ignorance du fond a dû ajouter à l'ignorance des formes ; tout
ce qu'ont dû entaffer d'abfurdités, tout ce qu'ont ofé des
témoins combinés pour furprendre la religion de Juges qui
ne pouvaient ni les pénétrer, ni même les entendre.

Des Magiftrats fédentaires, uniquement occupés à veiller
fur la fortune, fur la tranquillité, fur l'honneur des Citoyens;
n'ayant pas trop de tous leurs inftans pour les confacrer à
l'étude des Loix & des Coutumes dont ils font les gardiens,
n'avaient jamais crû devoir fe livrer à l'étude des Loix & des
Coutumes d'un autre état & d'un autre monde. Ils ignoraient
que dans l'Inde un *Cypaie* eft un Soldat noir, un *Waquil* un
Ambaffadeur, *l'Arombaté* un Munitionnaire général. Ils ignoraient qu'à la guerre une *poterne* eft une porte fecrette pratiquée dans l'épaiffeur d'une muraille, & qui ne peut s'ouvrir

VIII. Igno-
rance du fond.

qu'en dedans de la place ; qu'une *tranchée* eft un chemin creufé en terre à trois ou quatre pieds de profondeur, qui, avec l'é-lévation latérale, forment environ fept pieds de haut. L'attaque, la défenfe, la prife d'une Ville ; l'ordre pour entrer dans une place affiégée & pour en fortir ; les furprifes de nuit ; le genre de troupes propres à fervir d'efcortes, à tenir la campagne, à être renfermées ; la marche des retraites, le paffage des rivières, les manœuvres de mer, les dangers de cet élément, les points de nord, de fud, ces ouragans lointains dont la nature a exempté nos climats, la difpofition d'une bataille, la compofition d'un Confeil de guerre, les punitions, la difcipline militaire, les différens emplois des différens Officiers, les préro-gatives d'un Général, étaient pour eux ou des mots fans idées, ou tout au plus des idées fans vérité.

En conféquence il a été queftion au procès *de dix mille* CYPAIES *trouvés fous les fcellés de Lambert, dont mon père,* difait-on, *s'était emparé,* & quoiqu'il n'en fubfifte point de trace par écrit, il exifte un co-accufé qui peut en donner la preuve ; c'eft-à-dire, que *dix mille hommes* avaient paffé d'un tiroir dans la poche de mon père.

Interrogatoire 12. Il a été queftion *d'un préfent perfonnel appellé* WAQUIL, *que mon père avait reçu du Roi de Tanjaour ;* c'eft-à-dire que mon père avait encore mis dans fa poche un Ambaffadeur.

Plainte. Il a été queftion *du nommé Arombaté,* comme fi le nom défignatif d'un emploi était le nom propre d'un homme.

Interrogat. 149. Il a été queftion *d'une* POTERNE *de Pondichéry, dont le Chevalier de Gadeville emportait la clef en fortant de la Ville* *Dépofition de Miran.* *toutes les nuits,* & d'une autre POTERNE *dont un Officier anglais avait eu la clef tout le temps du fiége,* felon ce qu'a-vait dit cet Anglais à un Habitant, qui l'avait dit à un Fer-mier qui était venu *le redire* au Rapporteur.

Il a été queſtion *d'une* TRANCHÉE *que mon père avait fait ouvrir mal-à-propos au nord de Madras , & qu'il eût fallu faire ouvrir au ſud dans un terrein qui n'était qu'un ſable mouvant, & où l'on trouvait l'eau à ſix pouces.*

Informat. Dure. Interrogatoire 30. Rapport.

Il a été queſtion *d'un marché que les Anglais avaient laiſſé établir entre leur camp & Pondichéry, dans le temps où ils voulaient affamer Pondichéry,* ET LORSQUE LE BLOCUS RES-SERRAIT LE PLUS LA VILLE ; *lequel marché ,* diſait-on *, n'avait pas duré long-temps, parce qu'on avait levé un impôt journalier ſur chaque Marchand pour l'emplacement de ſa boutique, & parce qu'avant de lui faire payer le droit de vendre, on avait commencé par lui enlever toutes ſes marchandiſes.*

Requête & interrogatoire de M. de Poully.

Il a été queſtion d'une priſe de Ville, lors de laquelle mon père avait été coupable *de ne pas mettre plus* D'ORDRE *dans le* PILLAGE *pour le rendre profitable.*

Interrogatoire 27.

Il a été queſtion *d'un Garde du Général anglais* qui était venu familièrement ſe préſenter à une porte de Pondichéry *, pour y prendre des malles appartenantes à M. de Lally , & pour empêcher que ces malles ne fuſſent fouillées par la Garde françaiſe qui était à cette porte.*

Dépoſition & confrontation du Chevalier de Mé-nes.

Il a été queſtion *d'une marche de nuit faite* AVEC DES CA-NONS *, pour une opération qui ne pouvait ſe faire que de nuit, & pour prendre un poſte d'un coup de main.*

Interrogatoire 58.

Il a été queſtion *d'une eſcorte d'Infanterie donnée à une Cavalerie noire, qui faiſait vingt lieues par jour.*

Ibid. 65.

On a fait un crime au Major-Général *de n'avoir pas enfermé ſa Cavalerie dans un fort ſitué ſur la cime d'un rocher à pic , où il ne croiſſait pas même d'herbe pour la nourriture des chevaux.*

Mémoire de M. Allen , page 10.

On lui a reproché, comme une *lâcheté , de ſe placer ſur le derrière de l'Armée dans une retraite.*

Ibid. page 8.

On lui a reproché de *n'avoir pas mis à exécution le projet
qui lui avait été donné de faire conftruire des bateaux plats,*

Ibid. page 47. *quand le donneur de projet convenait lui-même qu'il n'y avait
pas de bois pour la conftruction.*

On lui a reproché de *ne s'être pas fervi du cours d'une ri-*

Ibid. *vière, pour faire paffer des vivres à Pondichéry, tandis que l'ennemi était le maître des deux bords de la rivière.*

Il a été queftion *d'un ouragan* (celui du 1ᵉʳ. Janvier 1761),
qui avait foulevé les mers, inondé les terres, emporté tous les

*Dépofition &
confrontation de
Noirfoffe.* *arbres, & une partie des maifons de Pondichéry, roulé dans la
Ville des pierres de* 500 *pefant, & qui avait refpecté des pots à
feu, mis par mon père fur les remparts, pour que les Anglais
démâtés de tous mâts & ne gouvernant plus, puffent choifir l'endroit où ils aimeraient mieux fe noyer, & pour que la Ville ne
profitât pas de leurs débris.*

Lorfque mon père, dans fon interrogatoire, rendait compte de
fes difpofitions à la feconde bataille de Vandavachy, lorfqu'il
difait que fa gauche était appuyée à un étang, & que *fa droite
était en l'air faute d'étoffe,* ce mot *d'étoffe* a paru extraordinaire ;
on a pris *une droite* EN *l'air,* pour *une droite* DANS *l'air ;* on a
cru que tout cela était un farcafme, & on l'a averti durement
que *fon talent pour l'épigramme était connu, mais qu'il ne s'agiffait pas de plaifanter avec la Juftice.* Et il s'eft écrié vivement,
en fe frappant le front des deux mains : *eft-il poffible que je fois
jugé par qui ne m'entend pas ?* Et la vanité fe foulevait, & on
le haïffait des bévues dans lefquelles on fe précipitait pour le
perdre, & chaque méprife entraînait une dureté, & la dureté allait jufqu'à l'infulte, & on lui difait avec autant de

Correfpondance
fecrette. dignité que de vraifemblance : *vous vous croyez le premier Mou-
tardier du Pape ; j'en fa s autant que vous.*

Rapport. On a reproché à mon père de *n'avoir pas affemblé un*
Confeil

Conseil de guerre NATIONAL, lors de la reddition de Pondichéry. *Rapport.*

On lui a reproché *d'avoir INTERDIT un Officier CASSÉ*. *Interrog. 69.*

Nous avons vu qu'on lui a fait un crime capital d'en avoir
mis *trois aux arrêts*, & qu'on s'est écrié que c'était *la discipline*
d'un Bacha. *Rapport.*

Nous avons vu qu'on a appellé *représentations très-touchan-* *Interrogatoire.*
tes, la révolte des Employés commandés pour faire une mon-
tre générale fur la plage, & qui étaient venus en armes déclarer qu'ils ne *fortiraient pas de la Ville*.

On a demandé compte au Grand-Prévôt des fonctions du
Maréchal-Général-des-Logis & de l'Intendant de l'Armée, & *Requête de M. de Pouilly.*
on lui a fait un crime d'avoir rempli les siennes. Parce qu'il
parlait *de la police de l'Armée*, on lui a demandé fort plaifam-
ment, *s'il était le Lieutenant de Police de l'Inde ?*

On a fait un crime à mon père, Général d'Armée, Commiffaire du Roi, Vice-Roi dans l'Inde, d'avoir eu *des Gardes* *Rapport.*
armés de baïonnettes, & l'on s'est écrié que c'était *l'appareil*
d'un Roi de théatre.

On n'a pas oublié le colloque familier établi par le huitième
Sage de l'Inde, entre deux Armées prêtes à se battre, & le
cheval cabré du Général anglais, & *le foffé fec fondé*, & *le baf-*
tion renflé, & *les deux points d'attaque indiqués* à l'Ennemi,
qui n'en avait pas profité. Il est mille autres traits de cette
efpèce.

Tous les faits ont été dénaturés. Les évènemens les plus fimples pour un homme du métier, font devenus des chefs d'accufation énormes par les inductions qu'on en tirait. Chofe
étrange, on ne peut trop le redire, que dans un procès
criminel on ait pris pour délits des intentions fuppofées, &
pour preuves des conjectures hafardées ! Qu'on raffemble fous

III. Partie.   K

un seul point de vue tout ce que nous avons déjà offert dans des détails séparés, nulle part on ne trouvera ni d'autres délits ni d'autres preuves.

Layaur. Dénonciations, dépofitions des Confeillers.

Si mon père, occupé d'opérations importantes, avait refusé de diviser ses troupes, c'était *sans doute pour priver la Compagnie des contributions que des détachemens auraient pu lever de côté & d'autre.*

Ibid. Beffon.

Si, occupé de prévenir une révolte générale, il avait divisé ses troupes, c'était *sans doute parce qu'il prévoyait une bataille, & voulait se faire battre.*

Ibid. Moracin, Beffon.

Si, réduit à une impoffibilité abfolue de tenir la campagne, il s'était replié fur Pondichéry, c'était *sans doute pour finir la tragédie au plus vîte . . . . pour hâter la fin d'une tragédie dont le dénouement l'embarraffait.*

Ibid. Recueil le Noir.

Si, à la faveur d'une furprife de nuit, il avait attaqué l'ennemi plus fort que lui, c'était *sans doute une réfolution formée pour détruire nos troupes.*

Ibid.

Si quelqu'Officier chargé de ses ordres, ne les avait pas remplis, c'était *sans doute parce qu'il était de connivence avec lui pour ne pas les remplir.*

Ibid.

Si, obligé de tout prévoir, & de fonger au remède, même en ne croyant pas au mal, il avait donné des ordres dès fon arrivée pour l'approvifionnement de Pondichéry, c'était *sans doute parce qu'il favait dès-lors que Pondichéry ferait affiégé.*

Ibid.

Si, entiérement dépourvu de vivres, il avait fait fortir les Noirs de Pondichéry, c'était *sans doute pour les faire tuer par les Anglais.*

Ibid.

Si, cherchant à ranimer le courage des troupes & des Habitans, il leur avait annoncé l'arrivée de plufieurs barques chargées de bled, c'était *sans doute pour que les Anglais en euffent connaiffance, & les interceptaffent.*

Si, pendant le siége de Madras, il avait écrit au Gouverneur Leyrit qu'il voulait brûler la Ville noire, c'était *sans doute parce que sa lettre pouvait tomber entre les mains des Anglais, & les exciter à la représaille.* *Interrog. 144.*

S'il avait fait battre la générale, c'était *sans doute pour occuper les Assiégés & les empêcher d'entendre les mouvemens de l'ennemi qui approchait ses batteries.* *Ibid. 166.*

Si, à l'entrée des limites de Pondichéry, il avait fait braquer quelques pièces de canon contre les Anglais, c'était *sans doute pour qu'ils s'en emparassent & qu'elles leur servissent à attaquer Pondichéry.* *Rapport.*

S'il avait fait tirer des fusées, c'était *sans doute pour avertir l'ennemi qu'on était sur ses gardes, & pour l'empêcher de rien prendre.* *Interrog. 145, 146.*

S'il avait dit qu'il ferait miner deux bastions menacés d'escalade, c'était *sans doute pour exposer la Ville à être prise d'escalade la nuit suivante.* *Ibid. 167. Rapport.*

Si, pour prolonger de quelques jours encore sa défense, il avait donné ordre qu'on mit les fossés à sec, & qu'on en tirât tout le poisson, c'était *sans doute pour satisfaire la haine qu'il avait manifestée aux Habitans, en exposant la Ville à une surprise.* *Interrogat. 168.*

Si, réduit à se rendre, il avait ordonné qu'on jetât à la mer les canons, munitions de guerre, agrêts de marine, c'était *sans doute pour mettre l'ennemi de mauvaise humeur, & pour qu'il maltraitât les habitans.* *Conseiller Denis.*

Si, enfin après la prise de Pondichéry, il avait parlé anglais au Général anglais qui n'entendait pas un mot de français, c'était *sans doute pour lui dire qu'il ne voulait pas de capitulation, quoique le Général lui offrît pour les Habitans des conditions telles qu'il voudrait les demander; c'était sans doute* *Plainte & Juin 1764.*
POUR LUI DEMANDER PAR GRACE DE FAIRE PILLER LA

VILLE ET D'EN ABATTRE LES MAISONS, &c. &c. &c.

On ne finirait jamais fi on voulait fe livrer au dénombrement de toutes les accufations de ce genre. Preffé par les bornes qu'il eft temps de mettre à cet ouvrage, moi-même j'en fupprime vingt fois autant que je viens d'en rapporter, & combien il s'en fallait que j'euffe tout relevé! Qu'on fonge qu'il y a eu dans les interrogatoires feuls cent vingt-neuf articles militaires, & qu'on juge par cette légère efquiffe de l'immenfité des détails.

Un Confeil de guerre eût apprécié, d'un coup d'œil, toutes ces différentes imputations. Il eût fu qu'un Général qui médite un grand objet ne divife pas fes forces, & qu'un Général qui craint une révolte univerfelle, les divife. Il eût fu qu'un Général ne pouvait pas, avec feize cents hommes, garnir vingt-trois places dans l'intérieur du pays, & défendre en même temps fa capitale contre quinze mille hommes & quatorze vaiffeaux de ligne; & qu'un Général qui, vu fa faibleffe, ne peut rien attendre d'une guerre fuivie, n'a d'autre reffource que de tenter un coup de défefpoir. Il eût fu qu'il n'y a point de Général qui puiffe répondre de l'exécution de fes ordres, point de Commandant qui, dès le commencement d'une guerre, ne faffe remplir fes magafins, qui, lors d'un fiége, ne diminue autant qu'il peut le nombre des Habitans pour diminuer la confommation, & ne rehauffe autant qu'il peut le courage de fa garnifon en lui annonçant des fecours. Il eût fu qu'à la guerre on peut faire battre le tambour & tirer des fufées fans être d'intelligence avec l'ennemi; qu'on peut braquer des canons contre cet ennemi fans vouloir lui en faire préfent. Il eût fu que miner des baftions pour les faire fauter dans le cas où l'affiégeant s'en emparerait par efcalade, n'eft pas favorifer à cet affiégeant l'entrée de la place; que l'attaque d'un foffé fec eft fouvent plus meurtrière que celle d'un foffé où il y a de l'eau; que lorf-qu'on eft réduit à fe rendre, on peut, fans méchanceté, faire perdre à l'ennemi tout ce dont il profiterait; que lorfqu'on s'eft rendu, on ne fonge plus à faire des conditions, & que le Général anglais eût été coupable de mort, s'il eût tenu le propos qu'on lui faifait tenir. Enfin un Confeil de guerre n'eût vu dans toutes ces dépofitions qu'un affemblage d'extravagances & de noirceurs, ou plutôt il n'eût pas vu toutes ces dépofitions, on n'eût pas ofé les faire devant lui.

Ce font cependant toutes ces extravagances, toutes ces noirceurs qui ont élevé dans l'efprit des Juges des foupçons que chaque inftant fortifiait en les multipliant. Mille conjec-tures ont paru une preuve complette, mille foupçons ont produit une certitude entière, & de là eft forti ce funefte *enfemble*, ce délit indéfiniffable formé de mille préfomptions de délits. Mais des Juges compétens n'euffent pas écouté ces conjectures, ils n'euffent pas conçu ces foupçons.

Mon père avait prévu ce trifte effet d'une inftruction ra-dicalement vicieufe. Il n'avait ceffé de *demander que fa conduite militaire fût examinée par des Juges compétens, c'eft-à-dire par un Maréchal de France & fix Lieutenans-Généraux de fes an-ciens.* — *Le Parlement*, écrivait-il dans fa correfpondance fecrette, *va me juger fur mes fiéges & mes batailles; par con-féquent je me regarde comme un homme perdu.* — *Oui*, ré-pétait-il dans les derniers temps, *je fuis un homme perdu, fi l'on n'obtient pas du Roi, d'ici à Lundi, que ma conduite mili-taire foit fouftraite au Parlement, & qu'on m'accorde les moyens militaires de me juftifier, qui m'ont été refufés jufqu'ici.* Et fur ce que fes Défenfeurs lui avaient répondu que ce coup d'é-

IX. Dernier Réfultat.

clat était inutile, que le *Parlement n'oferait pas juger fur une matière qu'il n'entendait point*, il s'était réfigné à la mort. —— *La démarche vis-à-vis du Roi & du Minifre, fur-tout étant foutenue, comme on dit, de l'avis de tout le Militaire, était le feul moyen de falut qui me reftât. On me refufe ce moyen, & je crains bien que ce foir ne foit le terme de notre correfpondance ; c'eft trop d'avoir à combattre amis & ennemis.... peut-être diront-ils, Mardi prochain : « J'en fuis fâché, je ne m'y » attendais pas ».* Hélas ! c'eft ce même *Mardi 6* Mai qu'il a été condamné, & c'eft le Samedi 3 qu'il écrivait cette Lettre.

Requête d'atténuation.

Le même jour il avait demandé, par une Requête en forme, qu'on le renvoyât pardevant un Confeil de guerre ; l'Ordonnance le prefcrivait, il faut citer le texte, il eft énergique.

Tit. I, art. 4. Ordon. 1670. Voyez auffi les articles 1 & 3 de l'Ordon. 1667.

« Les premiers Juges feront tenus de renvoyer les procès & » les Accufés qui ne feront pas de leur compétence, pardevant » les Juges qui doivent en connaître, dans trois jours après » qu'ils en auront été requis, à peine de nullité des procédures » faites depuis la requifition, d'interdiction de leurs charges, » & des dommages & intérêts des Parties qui auront demandé » le renvoi. »

Les Juges de mon père (& il ne faut pas oublier qu'ils étaient Juges en *première inftance*) étaient donc *tenus de le renvoyer* pardevant un Confeil de guerre, puifqu'ils en avaient été requis. Ils devaient ordonner ce *renvoi dans trois jours après la requifition* : & dans trois jours après cette requifition ils l'ont condamné à mort ! *Les procédures faites depuis la requifition étaient nulles* : & en vertu de ces *procédures nulles*, mon père a été mis à mort ! Ils étaient obligés *aux dommages & intérêts de la Partie qui avait demandé fon renvoi* :

qu'on fixe les dommages & intérêts à payer pour la vie d'un homme.

Réſumons. Le Parlement avait été conſtitué Juge de mon père par des Lettres d'attribution, & ces Lettres d'attribution ne faiſaient mention que du crime de *concuſſion*, *du crime de haute trahiſon*, & de l'allégation vague *d'abus d'autorité* : donc le Parlement ne devait juger que ſur ces deux crimes ſeuls, & ſur cette ſeule allégation. Le Parlement dans ſon Arrêt n'a pas dit un mot du crime de *concuſſion*, ni du crime de *haute trahiſon* : donc il a déclaré mon père innocent ſur ces deux chefs. Il l'a condamné à mort en n'articulant que l'allégation *d'abus d'autorité*, & cette allégation vague, à peine tolérable dans une plainte, inadmiſſible dans un Arrêt, dénuée même de ſens dans le cas préſent, ne peut, dans aucun cas, figurer à côté d'une *condamnation* quelconque, à plus forte raiſon d'une *condamnation à mort* : donc le Parlement a condamné, a jugé ſur d'autres chefs. Tout autre chef n'était pas & ne pouvait jamais être de ſa compétence : donc il a jugé ce qui n'était pas de ſa compétence. Donc le Parlement, par le même Arrêt, a déclaré un homme innocent ſur les chefs qu'il pouvait & devait connaître, & l'a fait mettre à mort ſur ceux qu'il ne pouvait ni ne devait connaître. Du moment que le Juge eſt incompétent, il devient ſimple Particulier : or, qu'eſt-ce qu'un Particulier qui donne la mort à un autre ?

Il eſt bien douloureux, il eſt bien cruel de voir un homme condamné innocent par des Juges qui ne pouvaient pas le condamner même coupable.

Et quelle condamnation, grand Dieu ! L'impoſture l'avait préparée, l'ignorance l'a conſommée, la férocité l'a ſuivie :

X. Férocité dans l'exécution.

car il n'y a plus moyen de détourner les yeux, & il faut enfin
en venir à ces affreux détails qui, lorsque la postérité les con-
naîtra, feront demander plus d'une fois dans quel siécle &
chez quel peuple se passait donc une scène si horrible?

Si une simple lacération de mémoire a paru aux Juges
même qui ont condamné mon père, *un caractère de violence*
capable de faire proscrire le Jugement qui en a été marqué (1),
s'ils ont vu dans cet acte *la colère de l'homme & non la délibé-*
ration du Juge, que verra-t-on donc dans ces opprobres, dans
ces tourmens multipliés auxquels l'Arrêt de mon père ne le
soumettait pas, & dont cependant il a été accablé? De quel
nom appellera-t-on l'ordre qui les lui fit subir? Un Magistrat
va nous l'apprendre. « C'est un CRIME punissable, sui-
» vant toutes les Loix divines et humaines, d'étendre
» les peines. »

Mémoire de M.
de la Chalotais.

Ainsi, autant on a ajouté de peines à celle que l'Arrêt
de mon père lui infligeait, autant on a commis de CRIMES.
Rapprochons de cet Arrêt le récit de ce qui s'est passé dans
son exécution. N'oublions aucunes circonstances; il n'en peut
être d'indifférentes. N'en rapportons aucune qui ne soit ga-
rantie par la plus exacte vérité : il est encore des témoignages
pour cette vérité si cruellement outragée, & on la verra
dès qu'on voudra la voir.

Le jour fatal allait paraître. Le délai arraché plutôt qu'obtenu
était expiré. Celui qui n'avait osé le refuser avait travaillé
aussi-tôt à le rendre inutile. Il avait été, au nom de son Tribunal, supplier le Roi de ne pas accorder de grace, *de faire*

(1) Dans le procès cité à la page 333 de la seconde partie.

taire

taire fa clémence & de laiffer agir fa Juftice : c'eft le premier exemple que l'Hiftoire de la Monarchie offre d'une pareille prière faite par un Juge au Souverain. Dès-lors toutes les follicitations avaient été fans fruit. Les parens, les amis de mon père s'étaient vainement agités. Sa vertueufe confolatrice avait écrit au Roi : *Sire, on m'empêche d'aller me jeter aux genoux de Votre Majefté. Ce n'eft point grace, c'eft juftice que je demande pour mon coufin. Que Votre Majefté faffe venir M. de Montmorenci & M. de Crillon : le premier dira s'il a été entendu, l'autre dira comment il l'a été. Sire, j'ofe vous en conjurer par le fang que mon coufin a répandu à votre fervice, &, fi ce n'eft pas affez, par celui de mes deux frères morts en combattant pour Votre Majefté; daignez nous accorder un délai de fix femaines: il ne fera que manifefter davantage l'équité des Juges, fi leur Arrêt eft trouvé jufte après l'examen du procès.* Une autre parente emportée par fon défefpoir, & ne fongeant dans ces terribles momens qu'à détourner le glaive déjà levé, avait été fe précipiter aux pieds du Roi, & avait fait entendre le cri de *grace*. Trifte condition des Princes, premières victimes des injuftices qu'on leur furprend ! Louis XV. jufte, fenfible & trompé, fe croyait obligé de *faire taire* fon cœur & de *laiffer agir* fes Magiftrats. Il pleurait la mort de mon père & n'ofait lui fauver la vie ! J'en attefte ceux qui l'ont vu pendant ces trois funeftes jours, fur-tout pendant le dernier. Plus d'une fois il parut hors de lui ; plus d'une fois il demanda coup fur coup *quelle heure il était ?* & après chaque réponfe pouffa un profond foupir, levant les yeux au Ciel & fe frappant le front. Ceux qui ont affifté à fon *coucher* le Vendredi 9 Mai, ne l'oublieront fûrement jamais. Hélas ! il ignorait quels nouveaux chagrins allaient fondre fur lui, lorfqu'il reconnaîtrait fon erreur..... Manes de mon Roi, devenu mon

Mlle. Dillon.

La Comteffe de la Heufe.

IIIe. Partie.   L

Bienfaiteur, je ne vous reproche rien *! les cruels ! comme ils vous avaient trompé !*

Mon père était inftruit du fort qui l'attendait ; il en avait informé fes Compagnons d'infortune. Du haut de fa tour il avait exprimé aux uns, par un gefte terrible, que fa tête allait tomber fous la hache du Bourreau. Paffant auprès des autres, environné de Satellites, il avait feint de répéter une chanfon anglaife pour leur annoncer fon fort. Il avait fait *fes derniers adieux*, il avait écrit fes *intentions dernières*, il avait *recommandé fa mémoire à fon fils.*

Cependant, par une facilité commune à tous les infortunés que l'efpoir n'abandonne jamais, & d'après le délai même qu'on avait mis à l'exécution de l'Arrêt, il s'était laiffé perfuader qu'un nouvel incident était furvenu, & qu'il avait encore un interrogatoire à fubir. Le Jeudi 8 Mai, à onze heures du foir, on le tranfère de la Baftille à la Conciergerie ; on le met dans un cachot d'où l'on fait fortir le malheureux Chevalier de la Bare, victime dévouée au même glaive que lui. Pour éloigner de fon efprit la connaiffance de fon malheur, on lui avait laiffé tous fes effets, fon étui de Mathématiques, fon néceffaire, enfin tout ce qu'on enlève d'ordinaire à un criminel condamné. L'avidité des Satellites qui l'environnaient, ne tarda pas à l'éclairer fur fa deftinée. A peine eft-il arrivé, qu'on l'entoure. L'un lui enleve fes boucles de fouliers, un autre détache celle de fon col ; dans un inftant il fe voit dépouillé. Il demande raifon de ces procédés, on lui dit que c'eft l'ufage. Il interroge fes Gardes, on ne lui répond rien. Il voit que le coup eft porté, & il l'attend avec courage.

Le lendemain, après avoir pris une faible nourriture, il entend ouvrir fa prifon, il va au devant de fon fort. On lui annonce qu'il faut defcendre à la Chapelle. Comme il allait partir, un Geolier s'apperçoit qu'il lui reste encore sa montre, il s'approche de lui, lui donne un coup de genouil dans le ventre, la lui enlève, & la passe à un de ses camarades, qui s'écrie d'un ton insultant, *Monsieur le Comte, c'est moi qui l'ai, & je vous la garde.* Tranquilles spectateurs de toutes ces indignités, ses Gardes savaient apparemment qu'on était dégagé pour mon père de tous les égards qu'on doit au dernier coupable.

Arrivé à la Chapelle, il promène ses regards sur ce qui l'environne. Il voit des hommes armés, des Greffiers, un Confesseur, sept Bourreaux. On lui ordonne de se mettre à genoux. — *A genoux, mon Arrêt & un Confesseur !* — Il ne prononce que ces trois mots, & obéit. Tout était consterné autour de lui. Le Greffier qui lisait pouvait à peine articuler. Lui seul écoutait avec tranquillité. Mais à peine a-t-il entendu prononcer ces mots, *trahir les intérêts du Roi*, « CELA N'EST PAS VRAI, s'écrie-t-il en levant la main au Ciel, « JE N'AI JAMAIS TRAHI LES INTÉRÊTS DU ROI ». Il ne dit plus un mot, pendant qu'on lut le reste de l'Arrêt. Il semblait dans ce premier moment, que l'idée de paraître criminel le rendît insensible à l'idée de mourir ; il semblait que la douleur de paraître infidèle envers son Maître qu'il avait toujours si tendrement chéri, fût le seul supplice qui s'offrît à ses regards.

Après la lecture de l'Arrêt, ses yeux rencontrent encore celui qui devait l'exécuter. Son cœur se soulève à cet aspect. — *Moi mourir de la main d'un Bourreau !* — Puis, après s'être livré quelques momens à son indignation, après avoir demandé *sur quelles têtes frappait la foudre, puisqu'elle épargnait celle de ses assassins*, il se retourne vers son Confesseur[*], & lui adresse ces mots avec une tranquillité subite : *Monsieur,*

[*] M. Aubry ; Curé de Saint-Louis dans l'Isle.

L 2

dans un inftant je recevrai vos confeils, mais j'ai befoin qu'on me laiffe à moi feul pendant quelques minutes ; il faut que je me remette du coup que l'on vient de me porter. En difant ces paroles il promenait la main fur fon cœur, on l'obferve, il s'apperçoit que fes mouvemens font épiés ; il diffimule quelque temps, paraît calme, demande à fortir, & en rentrant fe précipite fur la pointe d'un compas qu'il fe plonge tout entier dans le fein. On accourt, on ouvre fes vêtemens. *Il n'eft plus temps*, s'écrie-t-il, *tout eft fini*. . . . Religion fublime, il n'y avait que vous qui puiffiez lui en faire un crime ; la vertu toute feule l'eût admiré !

Rapport de l'Of-ficier de Robe-courte.

Le coup n'avait pas atteint le cœur ; la pointe du compas, quoiqu'enfoncée de *quatre pouces*, avait été *émouffée fur une côte*, parce que mon père avait été obligé de fe ployer pour fe frapper fans être vu. On retire le fer de la plaie ; on le remet tout enfanglanté entre les mains du Confeffeur. Cet homme vertueux fait parler cette vérité tout à la fois terrible & confolante dont il eft le Miniftre. Mon père court fe profterner au pied de l'Autel, & levant les yeux vers le Ciel, — *Mon Dieu ! vous me le pardonnerez, puifque vous n'avez pas voulu que je périffe fous le coup.* — Dès cet inftant la paix & la confolation defcendirent dans fon ame ; fa tranquillité égala fon courage ; la victime que l'on mène à l'Autel ne tend pas au couteau du facrificateur une tête plus docile, que mon père n'offrit la fienne à tous les opprobres dont on fe plut à la charger, & il eût pu dire, comme ce fier Guerrier dévoué aux profcriptions miniftèrielles d'un règne à jamais

Procès de S. *Preuil.*

effrayant : *Je ne fuis plus Saint-Preuil ; mais je fuis un agneau.*

Un mouvement de fièvre avait fuivi le coup qu'il s'était donné. On avait obtenu de lui qu'il fe jetât fur un lit. Son

Confesseur s'était dépouillé d'une partie de ses vêtemens pour le couvrir. Etendu sur ce lit de douleur, il s'entretenait avec ce vénérable Ministre. On lui annonce ses Commissaires ; il détourne la tête pour ne pas les voir. Eux-mêmes semblent redouter ses regards ; ils restent à dix pas derrière lui. — *Il n'y a plus de grace à espérer*, dit l'un d'eux, *avouez que ce sont Mrs. de Gadeville & de Chaponay qui vous ont conseillé tout ce que vous avez fait.* — J'ai assez dit la vérité ici bas, répond mon père, sans retourner la tête : *je ne songe plus qu'à l'aller dire là-haut, où elle sera écoutée ;* puis s'adressant à son Consolateur, — *Dites à ces Messieurs qu'ils se retirent. Je n'ai pas besoin de leur ministère. Je dois & je veux les croire honnêtes ; mais un honnête homme peut se tromper…. il est triste que j'en sois la victime !* Voilà les *emportemens*, voilà les *fureurs*, voilà les *blasphèmes* auxquels ce malheureux s'est livré.

Le Chapelain de la Prison vient, selon l'usage, dire le *Salut*. Mon père se prosterne de nouveau devant les Autels. Lui-même entonne les prières : sa voix seule était assurée parmi toutes celles qui se faisaient entendre.

Une heure après que ses Commissaires étaient sortis, entre un Bourreau qui tourne autour de lui, les yeux baissés, voulant & n'osant lui parler. Il était, dans cet instant, plus calme que jamais : il faisait la controverse avec le Curé de Saint-Louis comme s'il eût été sur les bancs de l'école & non sur le bord de l'échafaud. *Me voulez-vous quelque chose*, dit-il à cet homme dont il apperçoit l'embarras ? Le Bourreau, les larmes aux yeux, lui présente un bâillon…. *Mais on ne veut donc pas*, dit mon père, *que je puisse parler même à mon Confesseur ?… Allons, faites ce qui vous est ordonné. Je suis innocent devant les hommes ; mais je suis trop coupable devant Dieu. J'ai voulu attenter à mes jours ; il faut que j'expie ce*

fcandale. . . . Je vous en demande pardon à tous. Le Bourreau lui
répond, en fanglotant: *M. le Comte, j'ai eu des ordres réitérés,
& je ne puis qu'obéir ; on vous l'ôtera quand vous fortirez.*
Apparemment qu'on a eu de nouveaux ordres, puifqu'on ne
l'a pas ôté.

Dans la vérité l'Exécuteur, moins inhumain que ceux qui
le faifaient agir, avait réfifté au premier commandement qu'il
avait reçu : il avait repréfenté que *jamais il n'avait entendu
parler d'une pareille peine.* On lui avait répondu : *faites comme
vous pourrez, mais il faut que cela foit.*

Une foif ardente dévorait mon père : il demande un verre
d'eau, on le lui refufe. Des befoins naturels fe font fentir :
il demande à les fatisfaire, on le lui refufe.

Son Confeffeur lui avait promis de la part des Magiftrats
qu'il partirait le foir pour le lieu de fon fupplice, & qu'un
carroffe l'y conduirait. A quatre heures on vient lui annoncer
qu'il faut partir, & partir dans un tombereau ! On venait
d'arrêter un Voiturier qui paffait par hafard vis-à-vis de la
prifon ; malgré fa réclamation on l'avait forcé de prêter fon
tombereau à cet infame miniftère. On avait, fur la place même,
charpenté à la hâte une planche pour fervir de banc. On
craignait la clémence du Souverain ; on tremblait que la victime n'échappât ; on était déjà ivre du fang qu'on allait répandre. Mon père ne peut tenir à ce dernier affront, il fait
un effort pour s'écrier, & fixant fur fon Confeffeur des regards
d'étonnement & de reproches, il lui adreffe ces mots mal arti-
culés : *J'étais payé pour m'attendre à tout de la part des hommes;
mais vous, Monfieur, vous me tromper !* Ce Miniftre refpectable, non moins confondu que mon père, lui répond à
l'inftant : *Monfieur le Comte, ne dites pas que je vous ai trompé,
dites que nous avons été trompés tous les deux.* Mon père re-

gardé encore une fois cet appareil d'ignominie, & portant ſes yeux vers le Ciel, — « *Allons*, *il faut boire le calice juſqu'à la* » *lie ;* » & il entre dans ce tombereau réſervé aux aſſaſſins, aux parricides & aux ſacrilèges.

Français, *Nation généreuſe*, c'eſt ainſi que vous appellait mon père ; Nobleſſe guerrière, l'honneur de cette Nation, vous l'avez vu cet homme qui était devenu par choix un de vos compatriotes & un de vos membres, cet homme toujours digne de ſuivre vos exemples, digne quelquefois d'en ſervir lui-même ; vous l'avez vu promené au milieu de votre Capitale , avec un appareil dans lequel une cruauté ingénieuſe ſemblait s'être exercée à raſſembler tout ce qu'un homme peut eſſuyer de duretés & de honte, repaiſſant les regards d'une populace prévenue qui inſultait à ſon malheur, & d'ennemis acharnés qui venaient s'abreuver de ſon ſang ; vous l'avez vu , & obligés malgré vous de reconnaître ſous ce fardeau d'ignominie celui que votre Roi lui-même avait couvert de gloire après une bataille qui avait ſauvé la France, pour un inſtant vous n'avez plus reconnu votre Patrie. Vous avez cherché cette douceur de mœurs , cette magnanimité, cette hoſpitalité ſi vantées, ce reſpeƈt ſi ancien pour les Dé- fenſeurs de l'Etat , ſource de l'héroïſme des Sujets & de la grandeur du Souverain. Vous avez demandé ſi c'était un triomphe qu'on prétendait remporter ſur cette claſſe d'hommes qui cimentent de leur ſang les fondemens de la ſûreté pu- blique : ſi c'était tous les Guerriers qu'on prétendait inſulter dans la perſonne d'un ſeul, qui, eût-il été coupable , ne devait pas être traité par des Juges de France comme il ne l'eût pas été par les plus mortels ennemis de la France, dans le temps où ils avaient mis ſa tête à prix. Si vous avez tous frémi alors , ſi tous vous avez plaint mon père dans un moment où peut-être il paraiffait coupable à quelques-uns de vous, aujourd'hui que fon innocence éclate de toute part, vous ne refuferez pas fans doute de joindre votre voix à la mienne dans une Caufe qui eft la vôtre. Vous réclamerez pour vos droits violés, pour votre honneur bleffé, pour votre fûreté compromife par le Jugement de mon père. Vous réclamerez pour fa mémoire elle-même. Vous montrerez que s'il eft un pays où les fervices d'un Etranger ne foient payés que par l'envie, où ce nom feul foit un titre d'exclufion à la Juftice, où il faille fe faire refpecter des Loix au lieu de les refpecter, & où l'on ne puiffe les invoquer que quand on peut leur commander, ce pays n'eft pas celui que vous habitez.

Mais moi, au nom de ces mêmes Loix, je demanderai raifon, juftice, vengeance de tous les fupplices qu'on a ajou-tés à celui auquel mon père était condamné. On a ofé dire qu'on avait voulu le punir d'avoir attenté à fes jours ! Mais depuis quand peut-on faire fubir une peine, fans avoir figni-fié un Arrêt, fans avoir inftruit un procès ? Mais aux yeux de l'humanité, quel était le crime d'un homme qui voulait fe dérober à une mort ignominieufe qu'il ne méritait pas ? malheur à qui ne concevrait pas ce dernier effort de l'hon-neur outragé ! c'eft qu'il n'en aurait jamais eu le germe au dedans de lui. Mais fi c'eût été un crime, à qui était-ce à en répondre ? Pourquoi vos infames Satellites, fi ardens à lui enlever tout ce qui pouvait exciter la cupidité, n'ont-ils pas fongé à écarter de fes mains tout ce qui pourrait devenir nui-fible ? A qui eût-ce été à répondre de tous les effets de fon reffentiment, fi une force furnaturelle n'en avait pas triom-phé ; fi, lorfqu'il s'eft vu outragé, infulté ; lorfqu'il s'eft cru trompé par tout l'Univers, même par le Miniftre de la Re-ligion, il fe fût porté aux derniers excès, & s'il n'eût plus re-

connu

connu des hommes dans ceux qui le traitaient comme une bête féroce ?

M'accufera-t-on de fentir ou de peindre trop vivement ? Eh bien ! qu'on écoute le Jugement porté il y a dix-fept fiècles, fur le traitement qu'a éprouvé mon père. Heureufement pour l'humanité, de tels exemples font rares ; j'en ai cherché vainement dans les profcriptions des Sylla, parmi les cruautés des Tibère : enfin j'en ai trouvé un ... laiffons parler l'Ecrivain qui le rapporte. « Caligula eft le feul monftre qui ☙ Seneque. » ait imaginé de fermer, avec une éponge, la bouche des » Suppliciés, pour leur ôter la faculté de proférer une feule » parole. Avait-on jamais privé un mourant du pouvoir de » fe plaindre ! Il craignait que dans ces derniers momens la » douleur ne s'exprimât avec trop de liberté. Tiran farouche, » permets au moins à tes victimes de rendre le dernier fou- » pir : laiffe une iffue à leur ame, qu'elle forte par une autre » voie que par des bleffures »…. Non, ce prodige de cruauté, qui, dans le plus abominable des fiècles, fous le plus cruel des Tirans & le plus corrompu des Sénats, excita encore un étonnement univerfel, n'a pas été ordonné par le premier Tribunal d'une Nation généreufe & d'un Roi bienfaifant. Deux hommes, deux hommes feuls l'ont ordonné, & tous deux étaient alors fimples Particuliers, leurs fonctions étaient remplies, le Jugement était clos, l'Arrêt était fignifié, l'échafaud était prêt ; mon père n'exiftait plus pour eux, il n'exiftait plus pour aucun de fes Juges, il était mort civilement. Et deux hommes feuls, fans droit, fans pouvoir, fans miffion, ont pris fur eux de prononcer & d'exécuter clandeftinement un Jugement différent de celui de leur Cour, de manquer à une parole donnée par l'Homme du Roi & portée

IIIᵉ. Partie.   M

par le Miniftre de la Religion, de renverfer toutes les Loix reçues, de rappeller un malheureux à la vie pour lui infliger une nouvelle mort, pour lui en infliger mille plus cruelles que celle qu'on lui préparait! & de ces deux hommes, le premier était celui qui, follicité d'accorder un court délai aux Juges pour s'inftruire, & à l'Accufé pour fe défendre, avait répondu, que *s'il pouvait doubler encore les féances, il les doublerait :* le fecond était celui qui avait déclaré que *fi mon père lui échappait d'une façon, il ne lui échapperait pas de l'autre.....* Je me tais. Mais ô vous, qui frémiffez fans doute à la fimple lecture de ces horribles détails, jugez ce qui fe doit paffer dans le cœur d'un fils obligé de s'en pénétrer, obligé de filtrer, pour ainfi dire, le calice d'amertume dont on a abreuvé fon père, de fouiller dans fes plaies pour en montrer toute la profondeur : & fi malgré la loi que je m'étais impofée; fi, malgré mon profond refpect pour un Tribunal dont j'implore encore l'équité en éclairant fon erreur, je me fens quelquefois pouffé malgré moi au-delà des bornes que je m'étais prefcrites; fi tout mon fang fe foulève à la vue d'un père, d'un malheureux vieillard couvert de cicatrices, accablé de cruautés, chargé d'opprobres, traîné à un fupplice injufte comme le plus méprifable des malfaiteurs, privé dans fes derniers inftans d'une faculté qu'on laiffe au plus vil Criminel, traité en Efclave tandis que fon Palefrenier a été érigé en Juge de fes opérations; enfin, à la vue de mon père bâillonné, fi mon indignation s'allume, fi mon cœur laiffe couler quelques gouttes du poifon brûlant qu'on y a verfé & qui déborde de toute part, que celui qui ofe me condamner, prononce la peine que je mérite.

Suivons-le, cet infortuné, jusqu'au dernier soupir. Comme il allait au supplice, un homme décoré d'un cordon rouge fend la presse, s'approche le plus qu'il peut de mon père, & le suit jusqu'à ce qu'il en ait été apperçu. Mon père le voit & détourne ses regards. On a ignoré son nom & ses motifs. Etait-ce un ami désolé qui venait faire des adieux ? Etait-ce un ennemi déchiré de remords qui venait demander des pardons ? Mon père eût-il détourné les regards, si c'eût été un ami ?

Parvenu au lieu du supplice, on le mande à l'Hôtel-de-Ville; il refuse d'y aller. — *Le Ciel*, dit-il, *me fait la grace de leur pardonner : si je les voyais une fois de plus, je n'en aurais pas le courage.*

Arrivé au pied de l'échafaud, on lui lit encore son Arrêt. A ces mêmes mots, *d'avoir trahi les intérêts du Roi*, il repousse le Lecteur avec une indignation mêlée de dédain, & marche à la mort sans vouloir entendre le reste. Il était déjà sur le second échelon ; il descend tout-à-coup, & s'adressant au seul ami qui lui restât alors dans le monde : — *Eh ! quoi, Monsieur, est-ce que vous allez m'abandonner ? & mon corps.... Moi, vous abandonner,* s'écrie ce Ministre respectable! *ah ! Monsieur, je ne vous quitterai qu'après vous avoir fait rendre les honneurs de la sépulture, & je vous réponds qu'ils vous seront rendus.* — *Pardon, Monsieur: mon doute était un crime ; je n'ai pas dû moins attendre de vous....* Ministre véritablement digne de la Religion dont vous étiez l'organe, c'est vous qui avez adouci pour mon père les horreurs de la mort; & pour moi le supplice de la vie. C'est à vous seul qu'il a dû & sa consolation dernière, & ces tristes *honneurs* que la haine lui eût enviés. Que votre nom vive à jamais dans tous les cœurs senfibles, & foyez éternellement l'exemple & l'honneur du Sacerdoce & de l'humanité.

Tous deux font montés fur l'échafaud. Mon père en fait le tour, promene fes regards fur l'affemblée, les reporte vers le Ciel ; fes yeux difaient au Peuple ce que fa voix enchaînée murmurait avec peine à ceux qui l'environnaient : *Je meurs innocent.* — *Qu'on m'ôte ces liens*, dit-il à l'Exécuteur. — *Monfieur le Comte, ils doivent fervir à vous attacher les mains derrière le dos.* — *On peut me couper la tête fans me lier les mains ; j'ai vu plus d'une fois la mort d'auffi près.* — *Monfieur le Comte, c'eft l'ufage.* — *Si c'eft l'ufage, faites.* — Il fe met à genoux, demande *la pofture la plus commode pour l'exécution* & s'y place. On attache fes mains ; on découvre cette tête blanchie au milieu des travaux & des périls de la guerre ; on couvre fes yeux du bandeau fatal. On ne le frappait pas. *Qu'attend-on encore*, dit-il à l'Exécuteur? — *M. le Comte, il n'eft pas temps d'exécuter l'Arrêt.* — Son Confeffeur l'avertit qu'il eft encore des vœux qu'il faut offrir au Ciel à haute voix : on lui ôte enfin cet affreux bâillon. — *En ce cas*, dit-il au Bourreau, *attends que j'aie fini, & fur-tout ne frappe pas que je ne te le dife.* Il commence d'une voix ferme cette prière qu'on ne lui laiffe pas achever. On le frappe, le coup porte à faux, mon père tombe fur le vifage, un Bourreau faifit fa tête, un autre fon corps, un troifième le hache. Une moitié des fpectateurs étouffe dans fes fanglots, & du milieu d'un groupe de fes ennemis qui étaient venu jouir de leur triomphe, on entend fortir ce cri : *Plût à Dieu qu'on l'eût manqué vingt fois !*

O mon père ! fi vous m'avez laiffé de grands malheurs à pleurer, de grands devoirs à remplir, vous m'avez auffi laiffé de grands exemples à fuivre, & de grandes vertus à retracer. Votre courage inſtruit le mien, & la mort, mille morts ne m'empêcheront pas de réclamer contre l'injuſtice de la vôtre. La France entière retentira de mes cris, j'irai juſqu'au Trône ; j'embraſſerai les pieds de l'auguſte Monarque qui y fait aſſeoir avec lui l'incorruptible équité ; je m'écrirai: « SIRE, grace & juſtice ! grace pour un infortuné obligé de » ſe plaindre à Votre Majeſté, de la première Cour de ſon » Royaume ; juſtice pour un homme vertueux, immolé par » la calomnie au ſein de ce même Royaume.

» Mon père, Sire, a verſé ſur un échafaud les reſtes d'un » ſang preſqu'épuiſé par ſoixante ans de combats, & le même » coup qui l'a frappé, a ébranlé juſques dans ſes fondemens la » ſûreté publique, a porté l'alarme juſques dans les conſciences » les plus pures, a ſemé le découragement juſques parmi les » Serviteurs les plus zélés de Votre Majeſté. Oui, Sire, je » mérite de ma Patrie, je ſers mon Roi, lorſque je venge » mon père.

» Juſqu'à ſon dernier jour, l'auguſte aïeul de Votre Majeſté » a gémi ſur l'odieux Arrêt, ſource de tant de malheurs. Il » a dit que *ce ne ſerait pas lui qui en répondrait, qu'on l'avait* » *trompé ;* ceux qui l'ont entendu exiſtent.

» Mais, Sire, un diſcours ſe borne à quelques témoins, il » ſe perd en peu de temps : l'Arrêt de mon père a été en- » voyé à ſix mille lieues, il paſſera juſqu'à la poſtérité la plus » reculée.

» Les bontés dont ce Prince a daigné me combler par la » ſuite, celles que Votre Majeſté a daigné me perpétuer n'aſ- » ſurent pas encore le triomphe complet de l'innocence, parce » que la compaſſion peut accorder à un malheureux ce que » l'équité doit à un opprimé.

» L'injuftice fubfiftera, tant que le Jugement injufte ne fera
» pas anéanti.

» C'eft ce Jugement, Sire, que je viens aujourd'hui dé-
» noncer à Votre Majefté, en même temps qu'à l'Univers.
» Je n'implore aucune faveur : je demande feulement qu'il
» ne me foit pas fait un déni de Juftice. Que les Loix m'é-
» coutent & qu'elles s'arment de toute leur rigueur. Que la
» prifon dans laquelle mon père a gémi fi long-temps, s'ouvre
» s'il le faut pour me recevoir, & que j'en forte pour éprouver
» le même fort que lui, fi je ne démontre pas & fon inno-
» cence, & l'iniquité de fon Arrêt.

» Qu'on ne me demande plus par combien de moyens
» je combats cet Arrêt funefte, combien de contraventions
» aux Loix j'articule contre lui. Il exifte un moyen perpétuel
» & conftant depuis la première ligne de la procédure juf-
» qu'à la dernière, & cette procédure, dans toutes fes cir-
» conftances, dans fon enfemble, n'eft elle-même qu'une
» feule contravention perpétuelle & conftante à tout ce qu'on
» connaît fous le nom de Loix, de Juftice & d'humanité.

» Enfin, Sire, j'apporte à Votre Majefté trois grandes vé-
» rités, elles font démontrées, elles font invincibles ; que Votre
» Majefté elle-même daigne en tirer trois conféquences qui
» font néceffaires, qui font infaillibles.

» *Mon père n'était pas coupable* : donc j'ai droit de demander
» une réparation pour fa mémoire.

» *Mon père, eût-il été le plus coupable des hommes, a été*
» *mal jugé* : donc j'ai droit de demander un autre Jugement.

» *Mon père, d'après l'état du procès, ne pouvait pas être*
» *bien jugé* : donc j'ai droit de demander ou que d'autres

» Juges me foient nommés, ou que le procès foit rappellé à
» fon véritable état.

» J'attends avec confiance cette juftice éclatante du Maître
» que je fers. La promeffe qu'il a daigné me faire *d'une pro-*
» *tection fpéciale* ne fera pas une vaine promeffe. La voix
» de l'infortune qui s'élève avec celle de l'innocence, ne s'é-
» lèvera pas en vain. Votre Majefté fait que le fang de l'homme
» jufte crie jufqu'au Ciel, quand il n'eft pas écouté fur la
» Terre. Elle croira que ce ferait le répandre une feconde
» fois que de ne le pas venger. Elle arrachera des Faftes de
» la France un Arrêt que toutes les Nations étrangères n'ont
» ceffé de lui reprocher jufqu'à ce jour ; un Arrêt dans le-
» quel tout le monde a vu une peine, & dans lequel perfonne
» n'a encore vu un crime ; un Arrêt enfin, monument d'in-
» juftice & d'ingratitude pour un Général qui ne devait pas
» s'attendre à ce prix de fes fervices, monument d'inquiétude
» & d'effroi pour tous ceux qui courent la même carrière que
» lui. Le même Jugement vengera l'innocence outragée,
» raffurera l'innocence alarmée : les Défenfeurs de l'Etat n'é-
» tant plus troublés par la crainte de voir traveftir en délits
» jufqu'à leurs fervices, fe livreront avec fécurité à ces
» tranfports de zèle qui ont toujours diftingué les Guerriers
» français pour leur Souverain : & fi les vœux de la recon-
» naiffance peuvent appeller les faveurs de l'Être fuprême
» fur les Rois qui en font l'image par leurs bienfaits, plus
» encore que par leur puiffance ; quel degré de gloire &
» de profpérité ne fera pas réfervé à un Monarque pour
» qui cet Être fuprême fera follicité tout à la fois, par un
» fils arraché au plus grand des malheurs, par toute une por-
» tion de fes plus fidèles Sujets arrachés au plus grand des

» dangers, par la vertu même arrachée à l'ignominie, par
» l'humanité entière intéressée à la conservation de ses droits,
» au maintien de ses Loix, & à la proscription de tout ce
» qui tend à violer les uns & à abuser des autres. »

Signé, le Comte de LALLY‑TOLENDAL.

CONSEIL D'ÉTAT PRIVÉ DU ROI.

Bureau des Cassations.

COMMISSAIRES.

MESSIEURS

D'AGUESSEAU, Doyen.	DE LA MICHODIÈRE.
LE PELLETIER DE BEAUPRÉ.	DE BASTARD.
DE LA PORTE.	DUFOUR DE VILLENEUVE.
DE SAUVIGNY.	VIDAUD DE LA TOUR.
DE BERNAGE.	TABOUREAU.

M. LAMBERT, Maître des Requêtes, Rapporteur.

ARRÊT

ARRÊT

DU CONSEIL D'ÉTAT PRIVÉ

DU ROI,

Du 21 Avril 1777.

Qui ordonne l'apport des charges & procédures du Greffe cri-
minel du Parlement de Paris au Greffe du Conseil.

EXTRAIT.

SUR la Requête présentée au Roi en son Conseil par TROPHIME-
GERARD Comte de LALLY-TOLENDAL, Capitaine de Cuirassiers,
contenant, &c. Vu la Requête signée LALLY-TOLENDAL & VOIL-
QUIN son Avocat, ROUSSEL & CHALLAYE anciens Avocats, & *les*
pieces y énoncées : ouï le rapport du sieur LAMBERT, Chevalier,
Conseiller du Roi en ses Conseils, Maître des Requêtes ordinaire
de son Hôtel, Commissaire à ce député, après qu'il en a communiqué aux sieurs D'AGUESSEAU, DE BEAUPRÉ, DE SAUVIGNY, DE
LA PORTE, DE BERNAGE, DE LA MICHODIÈRE, DE BASTARD, DE
VILLENEUVE & VIDAUD DE LA TOUR, Conseillers d'État, aussi
Commissaires à ce députés, LE ROI EN SON CONSEIL, avant
faire droit sur ladite Requête, a ordonné & ordonne que dans deux
mois pour tout délai, les charges, informations & autres procédures,
sur lesquelles ledit Arrêt est intervenu, seront apportées au Greffe du
Conseil, à quoi faire le Greffier criminel du Parlement de Paris sera
contraint, même par corps, pour, ce fait & rapporté, être statué
sur ladite Requête, ainsi qu'il appartiendra. Fait au Conseil d'État
privé du Roi, tenu à Versailles le vingt-un Avril mil sept cent soixante-
dix-sept. Collationné. *Signé*, LAURENT, avec paraphe.

IIIe. Partie.   N

[Note manuscrite marginale :] Il a ce qu'il plût à S.M. casser et annuller l'arrêt rendu par le Parlement de Paris le 6 mai 1766 contre le feu Comte de Lalli père du Supliant et tout ce qui l'a precédé et suivi, ce faisant evoquer l'accusation intentée contre lui et la renvoier pardevant tel nombre de marechaux de france, Conseillers d'État et Lieutenans generaux qu'il plaira à S.M. de nommer, leur en attribuer toutes cours, connaissances et jurisdictions et icelles interdire à tous autres Juges; nommer deux de MM. les Maitres des Requettes pour faire les fonctions l'un de Procureur general et l'autre de Rapporteur en ladite commission &c.

ARRÊT

DU CONSEIL D'ÉTAT PRIVÉ

DU ROI,

Du 25 Mai 1778.

Qui caſſe l'Arrêt rendu par le Parlement de Paris le 6 Mai 1766, contre Thomas-Artur Comte de Lally, &c. & tout ce qui a ſuivi.

EXTRAIT.

VU au Conſeil d'Etat privé du Roi, l'Arrêt rendu en icelui le 21 Avril 1777 ſur la Requête y inſérée, & préſentée par TROPHIME-GERARD Comte DE LALLY DE TOLENDAL, Capitaine de Cuiraſſiers, &c. par lequel Arrêt Sa Majeſté auroit ordonné que dans deux mois pour tout délai, les charges, informations & autres procédures ſur leſquelles ledit Arrêt eſt intervenu, ſeroient apportées au Greffe du Conſeil, à quoi faire le Greffier Criminel du Parlement de Paris ſeroit contraint, même par corps, pour, ce fait & rapporté, être ſtatué ſur ladite Requête, ainſi qu'il appartiendroit. Vu auſſi les charges, informations & autres procédures criminelles faites au Parlement de Paris, & apportées au Greffe du Conſeil en vertu du ſuſdit Arrêt du 21 Avril mil ſept cent ſoixante-dix-ſept, par Farmain, Huiſſier ordinaire du Roi en ſa grande Chancellerie, le 3 Septembre mil ſept cent ſoixante-dix-ſept; ſavoir, l'Arrêt du Parlement de Paris du 6 Juillet 1763, lequel auroit donné aĉte au Procureur-Général de la plainte par lui rendue contre le ſieur de Lally des faits y mentionnés, & auroit renvoyé ladite plainte devant le Lieutenant-Criminel du Châtelet pour être le procès fait audit ſieur de Lally, ſes complices & adhérens. La plainte rendue par le Procureur de Sa Majeſté au

Lieutenant-Criminel du Châtelet de Paris ; en conféquence de l'Arrêt ci-deffus, contre ledit fieur de Lally, des faits y mentionnés, enfuite de laquelle eft l'Ordonnance de permis d'informer, du 20 Juillet 1763. L'information faite le premier Août 1763 pardevant le Lieutenant-Criminel du Châtelet, à la requête du Procureur de Sa Majefté contre ledit fieur de Lally. Les Lettres-Patentes qui auroient renvoyé en la Grand'Chambre du Parlement de Paris, la connoiffance de *tous les délits* qui auroient été commis dans les Indes, *relativement à l'administration & au commerce de la Compagnie des Indes*, SOIT AVANT, SOIT DEPUIS l'envoi des Troupes fous la conduite du fieur de Lally, pour être lefdits délits, circonftances & dépendances, inftruits en la Grand'Chambre, & le procès y être fait & parfait aux auteurs defdits délits, leurs complices & adhérens ; évoquant en tant que de befoin les plaintes & procédures qui pourroient avoir été commencées à l'occafion defdits délits, en quelque Tribunal que ce fût, & les renvoyant en la Grand'Chambre ; auroient ordonné en conféquence que toutes lefdites plaintes & procédures, enfemble tous les Mémoires, Requêtes & autres pieces fervant à conviction, feroient portées au Greffe criminel du Parlement, & que les Prifonniers continueroient d'être détenus à la Baftille. L'Arrêt rendu au Parlement de Paris le 19 Janvier 1764, qui auroit ordonné l'enrégiftrement defdites Lettres-Patentes. Autres Lettres-Patentes du premier Avril 1764, qui AUROIENT ORDONNÉ L'EXÉCUTION DE CELLES DU 12 JANVIER 1764, & que le procès commencé par le Lieutenant-Criminel du Châtelet feroit continué, inftruit, fait & parfait, & jugé à ce Parlement, tant contre le fieur de Lally, que contre fes complices, fuivant les derniers errémens, à la requête du Procureur-Général ; validant en tant que de befoin toutes les procédures commencées au Châtelet en exécution de l'Arrêt du 6 Juillet 1763, *à la charge par la Grand'Chambre de ftatuer fur lefdites procédures en la forme portée par les Ordonnances ;* lefdites Lettres-Patentes enrégiftrées au Parlement de Paris le 7 Avril 1664. La Requête préfentée au Parlement de Paris par le Procureur-Général de Sa Majefté, le 9 Avril 1764, contenant plainte des faits y contenus. L'Arrêt dudit Parlement du même jour 9 Avril 1764, qui auroit donné acte au Procureur-Général de ladite plainte

& permis d'informer ; autre Arrêt *dudit jour* 9 Avril 1764, qui auroit *décrêté* le fieur de Lally *de prife de corps*, ainfi que les fieurs
Gadeville, Poully, Allen, Chaponnay, & autres ; l'information faite
en conféquence le 30 Avril 1764, à la requête du Procureur-
Général de Sa Majefté contre le fieur de Lally & autres Accufés. Requête du Procureur-Général au Parlement de Paris, du
douze Mai mil fept cent foixante-quatre, à fin d'apport au Greffe
criminel dudit Parlement, des titres, papiers & pieces qui fe trou-
veroient fous les fcellés appofés après le décès du fieur Duval de
Leyrit, & qui pourroient fervir à l'inftruction du procès du fieur de
Lally. L'Arrêt du même jour, qui auroit ordonné l'apport defdites
pieces, inventaire fommaire préalablement fait d'icelles. Le procès-
verbal dreffé le 15 Mai 1764 de la levée des fcellés appofés par
le Commiffaire Rochebrune, fur les coffres, cartons & papiers du
fieur de Lally, dépofés au Château de la Baftille. Autre procès-
verbal de la levée des fcellés appofés fur les papiers dudit fieur
Meagher, dépofés à la Baftille en préfence dudit fieur Meagher, du 22
Mai 1764. Quatre autres procès-verbaux du même jour 22 Mai 1764
de levée des fcellés appofés fur les papiers des fieurs de Poully,
Allen, Chaponnay & Deferre, dépofés au Château de la Baftille.
L'interrogatoire fubi par le fieur de Lally ledit jour 22 Mai 1764,
en fin duquel il auroit demandé un Confeil. Autre interrogatoire
fubi le même jour par le fieur Deferre. Cinq autres interrogatoires
fubis les 22, 24 & 30 Mai 1764 par les fieurs Meagher, Poully,
Allen, Chaponnay & de Fumel. Le procès-verbal de reconnoiffance &
levée des fcellés appofés fur les papiers du fieur de Gadeville, dépofés
au Château de la Baftille, du premier Juin 1764. L'interrogatoire fubi
le même jour par le fieur de Gadeville. Autre interrogatoire fubi
ledit jour par le fieur de Bazin. Autre interrogatoire fubi ledit jour
premier Juin par le fieur de Chamboy. La Requête du Procureur-
Général au Parlement de Paris, à l'effet de faire nommer un inter-
prete, pour la traduction de plufieurs papiers écrits en Langue an-
gloife, trouvés fous les fcellés appofés fur les papiers du Comte de
Lally du 6 Juin 1764. La plainte par addition rendue au Parlement
de Paris par le Procureur-Général de Sa Majefté contre les fieurs de

Lally & Daché, des faits y contenus, du 6 Juin 1764. L'Arrêt du Parlement de Paris dudit jour 6 Juin 1764, qui auroit ordonné que les Accufés feroient de nouveau interrogés, décrété de prife de corps l'Abbé Noronha & le nommé Rochette, auroit ordonné la continuation des informations faites audit Parlement, le récolement des témoins, & fi befoin étoit, la confrontation aux Accufés, & le récolement defdits Accufés en leurs interrogatoires, la confrontation des uns aux autres fi befoin étoit, & auroit débouté ledit fieur de Lally de la demande par lui formée lors de fon interrogatoire du 22 Mai 1764. La Requête du Procureur-Général au Parlement de Paris, à fin de faire ordonner au Commiffaire qui avoit appofé les fcellés après le décès du fieur Duval de Leyrit, d'apporter au Greffe du Parlement de Paris les titres, papiers & effets indiqués néceffaires à l'inftruction du procès dudit fieur de Lally & autres Accufés, du 23 Juin 1764; l'Arrêt du même jour conforme à fadite Requête. Le procès-verbal de levée des fcellés appofés fur les papiers du fieur Rochette, & de defcription defdits papiers, du 25 Juin 1764. L'interrogatoire fubi le même jour par ledit fieur Rochette. La continuation d'information faite à la requête du Procureur-Général de Sa Majefté contre le fieur de Lally & autres Accufés, du 26 Juin 1764. Procès-verbal de récolement fait à la requête du Procureur-Général de Sa Majefté des témoins entendus ès informations contre le fieur de Lally & autres Accufés, du 27 Juillet 1764; le procès-verbal de confrontation des témoins entendus ès informations au fieur de Lally & autres Accufés, du 11 Août 1764 & jours fuivans; autres procès-verbaux de confrontations des témoins aux fieurs de Gadeville, Deferre, Chaponnay, Poully, Meagher, Allen & Rochette, des 13, 23, 24, 20, 25 & 28 Août 1764. Seconde continuation d'information faite à la requête du Procureur-Général contre le fieur de Lally, Daché & autres Accufés, le 24 Janvier 1765. Interrogatoire fubi par le fieur Daché le 25 Janvier 1765; le procès-verbal de confrontation des témoins entendus èfdites continuations d'information, au fieur Daché, du 26 dudit mois de Janvier 1765. L'interrogatoire fubi par Fofcier, Accufé, le 14 Mai 1765. Autre interrogatoire fubi par Defchaux le même jour. Le procès-verbal de récolement des fieurs de Lally, Daché, Fofcier,

Gadeville, Poully, Allen, Chaponnay, Deferre, Chamboy, Rochette & de Fumel en leurs interrogatoires, du 17 dudit mois de Mai 1765. L'interrogatoire subi par le sieur de Lally le 14 Juin 1765 & jours suivans. L'interrogatoire subi par le sieur de Poully le 12 Juillet 1765. Autre interrogatoire subi par le sieur Allen le même jour. Autre interrogatoire subi par le sieur Gadeville le 15 Juillet 1765. Autre interrogatoire subi le même jour par le sieur Chaponnay. Autre interrogatoire subi ledit jour 15 Juillet 1765 par le sieur Deferre. Autre interrogatoire subi par le sieur Daché le 17 Juillet 1765. Autre interrogatoire subi par le sieur Meagher le 19 dudit mois de Juillet. Autre interrogatoire subi le même jour par le sieur Bazin. Autre interrogatoire subi par le sieur de Chamboy le 29 Juillet 1765. Procès-verbal de confrontation des sieurs de Meagher, Daché, Poully & de Fumel au sieur de Lally dudit jour 29 Juillet 1765. L'Arrêt du Parlement de Paris, du 9 Août 1765, qui auroit *débouté le sieur de Lally de sa demande à fin de Conseils.* L'interrogatoire subi par le sieur de Fumel le 12 Août suivant. Le procès-verbal de confrontation du sieur de Fumel au sieur de Poully du 19 Août 1765. L'Arrêt dudit Parlement de Paris du 14 Avril 1766, intervenu sur la Requête dudit sieur de Lally, tendante à ce qu'il lui fût donné acte de ce qu'il constituoit M^e. Danjou pour son Procureur, & qu'il fût ordonné qu'il pourroit conférer avec lui, comme aussi qu'il fût ordonné qu'il auroit communication, sous le récépissé de son Procureur, de différentes pieces énoncées en ladite Requête, par lequel Arrêt ladite Requête auroit été jointe au procès, pour, en jugeant, y avoir tel égard que de raison. La Requête présentée au Parlement de Paris par le sieur de Lally LE 3 MAI 1766, tendante à ce qu'il lui fût donné acte de ce que pour moyens d'atténuation au procès criminel intenté contre lui à la requête du Procureur-Général de Sa Majesté, il employoit & produisoit, 1°. son Mémoire imprimé en trois volumes brochés, signé de M^e. Aubri, Avocat, contenant 726 pages, ensemble les Pieces justificatives formant 137 n°s. 2°. La collection imprimée de deux Mémoires, l'un en 103 pages, ayant pour titre, *Tableau historique de l'expédition de l'Inde*, l'autre en 46 pages, ayant pour titre, *vraies Causes de la perte de l'Inde*, à la suite duquel étoient différentes copies & extraits de lettres , & la réponse au Mémoire du sieur Daché, en 76 pages. 3°. Cent cinquante-sept pieces cotées & paraphées du Procureur dudit sieur de Lally , & produites sous 137 numéros, dont 91 étoient piéces originales , & 66 étoient des notes indicatives des différentes lettres écrites par le sieur de Lally à plusieurs personnes , & notamment au sieur de Leyrit , & dont les originaux avoient été portés au Greffe criminel dudit Parlement. 4°. Deux liasses , dont l'une contenoit deux piéces, qui étoient le Conseil de guerre , précédé de la déclaration *soumise par le sieur de Lally audit Conseil de guerre*, & la réponse du Colonel Coote; & l'autre contenoit 6 piéces, imprimées dans le corps du Mémoire dudit sieur de Lally ; lesdites piéces cotées & paraphées du Procureur dud. sieur de Lally. 5°. Trois piéces qui étoient les instructions du Roi & des Ministres; lesdites piéces également cotées & paraphées. 6°. Toutes les autres piéces, tirées tant des scellés apposés sur les papiers du sieur de Lally, que des mains de quelques personnes que ce fût , & apportées au Greffe de la Cour, en vertu d'Arrêts ou autrement, lesquelles pouvoient & devoient servir à la décharge dudit sieur de Lally; pour être lesdits Mémoires & piéces rapportés & lus audit Parlement, & les preuves littérales en résultantes comparées avec les prétendues preuves vocales qui pourroient être induites des charges & informations; en conséquence ledit sieur de Lally fût déchargé de l'accusation contre lui intentée de concussions, malversations , déprédations & haute trahison, même de l'accusation d'abus d'autorité en toute autre partie que celle concernant le militaire , dont la connoissance, circonstances & dépendances n'appartenoit qu'à un Conseil de guerre, que le sieur de Lally n'avoit cessé & ne cesseroit jamais de réclamer , & pardevant lequel il supplioit le Parlement de Paris de le renvoyer ; il fût ordonné que l'écrou dudit sieur de Lally seroit rayé de tous registres où il se trouveroit avoir été inscrit , & qu'à ce faire tous Greffiers & Geoliers seroient contraints par les voies pour lesquelles ils y étoient tenus , quoi faisant déchargés; qu'il lui fût permis de faire imprimer & afficher l'Arrêt qui interviendroit, par-tout où besoin seroit, sauf à lui à se pourvoir contre tous dénon-

ciateurs & délateurs, ainfi qu'il aviferoit & par toutes voies de droit.
Et où la Cour ne fe trouveroit pas fuffifamment inftruite, audit cas ;
faifant droit fur la demande du fieur de Lally jointe au procès, tendante à fin de communication de pièces, il fût ordonné que, con-
formément à l'art. 3 du tit. 23 de l'Ord. de 1670, toutes les piéces apportées au Greffe du Parlement à la requête du Procureur-Général
ou autrement, autres que celles repréfentées au fieur de Lally lors
de fes interrogatoires & confrontations, feroient communiquées audit
fieur de Lally, fous le récépiffé de fon Procureur, ou même par la
voie du Greffe, & fans déplacer, pour être, après ladite communication, dit & écrit par ledit fieur de Lally, pour fa décharge, tout
ce qu'il aviferoit, & par la Cour ftatué ce qu'il appartiendroit ; lad.
Requête fignée Danjou, Procureur, au bas de laquelle eft l'Ordonnance d'en jugeant, & la fignification qui en a été faite au Procureur-Général du Roi, par Charlier, Huiffier du Parlement, ledit jour
3 MAI 1766. L'Arrêt rendu au Parlement de Paris, la Grand'Chambre affemblée, LE 6 MAI 1766, par lequel, avant faire droit fur l'accufation intentée contre Jofeph-François Deferre, il auroit été ordonné qu'il fe retireroit pardevers le Roi, pour fe pourvoir de Lettres de rémiffion. Sans s'arrêter aux Requêtes & demandes du fieur
de Lally, dont il auroit été débouté, ni aux reproches par lui four-
nis contre les témoins, lefquels auroient été déclarés non pertinens
& inadmiffibles, ledit fieur de Lally auroit été déclaré duement atteint & convaincu d'avoir trahi les intérêts du Roi, de fon état &
de la Compagnie des Indes, d'abus d'autorité, vexations & exactions
envers les Sujets du Roi & étrangers, Habitans de Pondichéry : pour
réparation de quoi & autres cas réfultans du procès, il auroit été
privé de fes états, honneurs & dignités, & condamné à avoir la
tête tranchée par l'Exécuteur de la Haute-Juftice, fur un échafaud,
qui, pour cet effet, feroit dreffé en la place de Grève ; tous fes biens
déclarés acquis & confifqués au Roi, fur iceux préalablement pris la
fomme de 10000 liv. d'amende applicable au pain des Prifonniers de
la Conciergerie du Palais, & 300000 liv. applicables aux pauvres
Habitans de Pondichéry, ainfi qu'il en feroit ordonné par le Roi :
Surfis

Surfis à faire droit fur les plaintes & accufations intentées contre Armand-Antonin-François Frétart de Gadeville, Jacques-Hugues de Chaponnay, & Jacques de Poully, jufqu'après l'exécution dudit de Lally. Sur l'accufation intentée contre ledit Allen, les Parties mifes hors de Cour. Anne-Antoine Daché renvoyé de l'accufation contre lui intentée, ordonné que les termes injurieux audit Daché, répandus dans les Mémoires du fieur de Lally, feroient rayés & biffés comme injurieux & calomnieux ; que de ladite radiation procès-verbal feroit dreffé par le Greffier du Parlement de Paris, en préfence du Confeiller-Rapporteur, dont expédition feroit délivrée audit Daché, aux frais dudit fieur de Lally, ledit fieur de Lally condamné aux dépens envers ledit Daché. Le fieur de Fumel, de Bazin, Rochette, de Chamboy, Meagher, Jean Defchaux & Charles Fofcier pareillement renvoyés des accufations contre eux intentées ; il auroit en outre été ordonné que lefdits Rochette, Meagher, Defchaux & Fofcier feroient élargis & mis hors des prifons où ils étoient détenus, & que leurs écrous feroient rayés & biffés de tous regiftres où ils étoient infcrirs, à ce faire tous Greffiers & Geoliers contraints, même par corps, quoi faifant déchargés. Avant faire droit fur l'accufation intentée contre l'Abbé Noronha, le Frere Reinch, Ramalinga, les deux quidams Lieutenans au Régiment de Lorraine, les nommés Hurpy & Jacquelot, dont la contumace avoit été déclarée bien inftruite par Arrêt dudit Parlement, du 30 Avril 1766 : auroit ordonné qu'à la requête du Procureur-Général du Roi, & pardevant le Confeiller-Rapporteur, il ferait plus amplement informé contre eux pendant un an, des faits mentionnés au procès, circonftances & dépendances, pour, l'information faite, communiquée au Procureur-Général du Roi, & vu par le Parlement, la Grand'Chambre affemblée, être ordonné ce qu'il appartiendroit. Sur la demande de Berthelin en dommages-intérêts contre le fieur de Lally, les Parties mifes hors de Cour, fauf audit Berthelin à fe pourvoir pour la reftitution de 20000 roupies par lui payées & dont étoit queftion, contre qui & ainfi qu'il aviferoit bon être. Ordonné que tous les Mémoires du fieur de Lally, joints à fa Requête d'atténuation, feroient fupprimés,

III. *Partie*.   O

comme contenans des faits faux & calomnieux : auroit été ordonné
en outre que ledit Arrêt feroit imprimé, publié & affiché par-tout
où befoin feroit, & que copies d'icelui feroient envoyées dans les
Colonies. L'Arrêt rendu au Parlement de Paris, la Grand'Chambre
affemblée, le 10 Mai 1766, lequel, *pour les cas réfultans du procès*,
après que les fieurs de Gadeville & Chaponnay pour ce mandés à
la Chambre, & y étant à genoux, auroient été blâmés, les auroit
condamnés chacun en 100 liv. d'amende envers le Roi ; & après que
le fieur de Poully, auffi pour ce mandé en la Chambre, & y étant
debout derrière le Barreau, auroit été admonefté, l'auroit condamné
à aumôner la fomme de 3 liv. au pain des Prifonniers de la Conciergerie du Palais, à prendre fur fes biens ; ordonné que ledit Arrêt
feroit imprimé, publié & affiché par-tout où befoin feroit, & copies
d'icelui envoyées dans les Colonies...... Vu auffi la Requête préfentée à Sa Majefté par ledit fieur Comte de LALLY DE TOLENDAL, à
ce qu'il plût à Sa Majefté lui donner acte de ce que, pour plus am-
ples moyens en fa demande en caffation de l'Arrêt du Parlement de
Paris, rendu contre le feu fieur fon père, il emploie le contenu en
la préfente Requête...... Vu auffi les Requêtes préfentées au Roi
en fon Confeil par Hélène ô Flyn, Comteffe de la Heufe,..... par
Armand-Antoine-François Frétart de Gadeville, Chevalier, ci-devant
Maréchal-Général des Logis de l'Armée de Sa Majefté dans l'Inde ;....
par Jacques-Hugues de Chaponnay, Chevalier, ci-devant Capitaine
au Régiment de Lally ;.... par Michel ô Donnell, ci-devant Capitaine
au Régiment de Lally, actuellement Capitaine au Régiment de Berwick, & Chevalier de l'Ordre Royal & Militaire de St. Louis ;.....
par Ferdinand-Bruno du Vivier de Fay-Solignac, & Arthur-Charles-
Marie du Vivier de Fay-Solignac fon fils aîné, Enfeigne des vaiffeaux de Sa Majefté, tous les deux fils & petit-fils de Juftin-Bruno
du Vivier, frere utérin de Thomas-Arthur Comte de Lally ;.....
par Jacques de Poully, ci-devant Grand-Prévôt de l'Armée du Roi
dans l'Inde ;...... par Luc Allen, Lieutenant-Colonel à la fuite du
Régiment de Berwick, ci-devant Major du Régiment de Lally, &
Aide-Major-Général de l'Armée du Roi dans l'Inde, Chevalier de
l'Ordre de St. Louis,..... &c.

OUI le Rapport des fieurs de JONVILLE & LAMBERT, Chevaliers, Confeillers du Roi en fes Confeils, Maîtres des Requêtes ordinaires de fon Hôtel, Commiffaires à ce députés, après en avoir communiqué aux fieurs D'AGUESSEAU, DE BEAUPRÉ, DE LA PORTE, DE SAUVIGNY, DE BERNAGE, DE LA MICHODIÈRE, DUFOUR DE VILLENEUVE & TABOUREAU, Confeillers d'Etat, auffi Commiffaires à ce députés. LE ROI EN SON CONSEIL, ayant égard auxdites Requêtes, & faifant droit fur le tout, a caffé & caffe ledit Arrêt de fon Parlement de Paris, du 6 Mai 1766, & tout ce qui a fuivi; ce faifant, a renvoyé & renvoie le procès-criminel, fur lequel ledit Arrêt avoit été rendu en fon Parlement de Rouen, pour y être, à la pourfuite de fon Procureur-Général en ladite Cour, procédé en la forme portée par l'Ordonnance, les Grand'Chambre & Tournelle affemblées, à L'INSTRUCTION & Jugement dudit procès, circonftances & dépendances; à l'effet de quoi les charges, informations & procédures apportées au Greffe du Confeil en exécution de l'Arrêt du 21 Avril 1777, feront renvoyées au Greffe criminel de ladite Cour; ordonne que lefd. fieurs de Chaponnay, Gadeville & autres Accufés qui étoient en état de prife de corps lors dudit Arrêt du 6 Mai 1766, feront tenus de fe remettre dans les prifons dudit Parlement de Rouen, leur accordant Sa Majefté les chemins pour prifons; ordonne que lefdits fieurs de Chaponnay & de Gadeville, en faifant leur foumiffion au Greffe du Confeil de fe remettre dans les prifons de ladite Cour, feront élargis des prifons où ils font détenus, à quoi faire le Geolier contraint, quoi faifant déchargé; ordonne que les amendes confignées par lefdits Demandeurs en caffation, leur feront reftituées, à quoi faire le Receveur contraint, quoi faifant déchargé.

Fait au Conseil d'État privé du Roi, tenu à Paris le vingt-cinq Mai mil sept cent soixante-dix-huit. Collationné. *Signé*, Laurent. Avec paraphe.

Pour être signifié à M. le Procureur-Général, & employé au procès pendant en la Cour, Grand'Chambre & Tournelle assemblées.

Le Comte DE LALLY-TOLENDAL.

Monsieur MOUCHARD, *Conseiller-Rapporteur.*

Me. L'Heure, Procureur.

Pour être signifié à Monsieur le Procureur-Général du Parlement de Bourgogne, d'après l'Arrêt rendu par le Roi en son Conseil le 31 Juillet 1780; lequel a évoqué le procès du Parement de Rouen, & l'a renvoyé à celui de Dijon.

Le Comte de LALLY-TOLENDAL.

Monsieur VILLEDIEU DE TORCY, *Conseiller-Rapporteur.*

JARRIN, Procureur.

Achevé d'imprimer à Dijon, chez L. N. FRANTIN, Imprimeur du Roi, 1783.

DISCOURS

Du Comte DE LALLY-TOLENDAL, lorsqu'il s'est présenté au Parlement de Dijon, pour y subir interrogatoire, en qualité de Curateur à la mémoire du Comte de LALLY son père, le Samedi 16 Août 1783.

M M.

SI jamais j'ai eu besoin de votre indulgence, de vos vertus, de votre humanité, c'est sur-tout aujourd'hui que je les appelle à mon secours. Frappé d'une crainte religieuse en entrant dans ce Sanctuaire, saisi par la majesté du lieu, par le respect dû à cette auguste Assemblée, le dirai-je, Messieurs ? accablé depuis hier d'un deuil public que j'ai particulièrement ressenti, & qui a porté la consternation dans vos ames comme dans la mienne (*), mille tourmens à la fois viennent encore fondre sur moi dans ce moment. Toutes mes douleurs se renouvellent, toutes

_____

(*) La mort presque subite de Madame la Marquise de Vogué, épouse de M. le Marquis de Vogué, Maréchal de camp, & belle-sœur de M. l'Evêque de Dijon : tous trois universellement aimés & respectés ; tous trois ayant protégé ma cause de tout leur pouvoir ; & tous trois ayant dû la protéger, par cela seul que c'était la cause de la vertu.

A

més plaies se rouvrent : cet instant m'en rappelle un autre, affreux, déchirant.... Je crois voir mon malheureux père, je le vois, MM. s'avançant à ce dernier interrogatoire qui a été le commencement de son long supplice ; je le vois dépouillé des marques glorieuses qu'il avait achetées par son sang, se soulevant à l'aspect du siége infâme qui lui est réservé, découvrant sa tête blanchie, montrant à ses Juges son sein couvert de cicatrices, & demandant *si c'est-là la récompense de cinquante ans de service ?* ... Ah ! MM. si quelqu'erreur allait m'échapper, si le zèle m'emportait, par justice, par pitié, n'imputez point à crime l'égarement de la douleur & les transports de la nature. Qu'il me soit permis de me réfugier au fond de vos entrailles ; là j'ai une sauve-garde ; là retentiront les noms sacrés dont j'ai les droits à venger & les devoirs à remplir. S'il était possible que le Juge se sentît soulever contre moi, alors, MM. que le fils se rappelle son père, que le père songe à ses enfans, & vous me pardonnerez, vous me plaindrez, vous me chérirez peut-être. La Justice m'a ravi mon père ; je lui en demande un autre ; j'en vois un dans chaque Magistrat qui m'écoute. Cette idée mêle un peu de douceur à l'amertume qui me dévore ; elle me rend un peu de force, & je m'écrie en tendant les bras vers chacun de vous : « Mon père, soutenez-moi dans la défense de celui » que m'avait donné la nature ; le vœu de la nature ne peut » jamais être en contradiction avec le vœu de la Loi ».

La Cour actuellement doit avoir, sinon trouvé le fond, au moins sondé la profondeur de l'abime dans lequel tant de malheureux ont été précipités. Parmi la foule de vérités aussi victorieuses pour l'innocence, qu'effrayantes pour l'humanité, qu'elle a vu résulter de ce triste procès, il est trois points de fait conftans, fur lefquels fa fageffe a certainement fixé fon attention.

Le premier, c'eft que tout a été dirigé uniquement & exclu-fivement à la charge de l'infortuné Général qu'on avait dé-voué à la profcription ; que fa défenfe a été non-feulement gênée, mutilée, mais entiérement annullée. Auffi ces mots facramentels ont-ils été prononcés dans le Confeil du Roi : » UNE INSTRUCTION QUI NE PERMET AUX JUGES D'ARRI-» VER QU'A LA CONDAMNATION, ÈT QUI INTERDIT TOUT »˚ ACCÈS A LA JUSTIFICATION, EST SANS DOUTE UNE NUL-» LITÉ PLUS FRAPPANTE, UN MOYEN DE CASSATION PLUS » VICTORIEUX QUE L'OUBLI D'UNE FORMALITÉ DE GREFFE.

Le fecond point de fait, c'eft qu'en écartant toutes les preuves littérales qui conftataient l'innocence de l'Accufé, en écartant tous les témoins pour qui leur naiffance, leurs fer-vices, leurs vertus réclamaient la confiance de la Juftice, on a choifi précifément ceux que leur réputation, leur état, leurs dénonciations, leur intérêt à la chofe, leur inimitié, leurs excès, leurs crimes rendaient indignes de la plus légère croyance. Auffi a-t-on encore prononcé dans le Confeil du Roi ces mots facramentels : « IL N'Y A PAS DE TÉMOINS ».

Le troifieme point de fait, c'eft que, du milieu de cette inftruction auffi évidemment injufte que radicalement nulle ; du milieu de ces témoignages auffi faux dans le fond qu'inadmiffibles dans la forme, on n'a pas encore pu faire fortir une feule preuve, un feul fait, un feul délit pofitif, fur lequel on pût appliquer une loi précife : auffi ces deux axiomes facramentels que je viens de répéter, ont-ils été

A 2

couronnés au Conseil du Roi, par ce dernier : « *IL N'Y A* » *PAS DE DÉLIT.*

JE CROIS, MM. devoir rendre compte à la Justice de la mission dont elle m'a chargé, & vous mettre sous les yeux les différens motifs qui ont déterminé jusqu'ici mes différentes Requêtes.

J'ai demandé communication des pièces non représentées à mon père, parce que mon père l'avait demandée lui-même autrefois ; parce que cette communication lui était due aux termes de l'article 3 du tit. 23 de l'Ordonnance criminelle ; parce qu'il avait le droit d'y chercher sa défense ; parce que plusieurs de ces pièces étoient sa propriété, qu'elles avaient été trouvées sous le scellé mis sur ces papiers lors de sa détention, & qu'il n'y a personne qu'on ne puisse faire condamner, en le jetant dans une prison, en violant son asyle domestique, & en s'y emparant, par la force, des papiers qui doivent établir sa justification.

J'ai demandé en même temps communication de toutes les procédures faites avec mon père, parce que j'ai cru qu'il s'agissait ici, non d'un Jugement à *revoir*, & à confirmer ou à rétracter, mais d'un procès à *instruire* & à *juger*, aux termes de l'Arrêt du Conseil d'Etat du Roi ; parce que, dès-lors, toute *instruction* relative à une mémoire, ne peut se faire qu'avec le curateur à cette mémoire ; parce que ce curateur, subrogé à la personne de l'Accusé, doit l'être aussi à la connaissance que cet Accusé aurait eue de toutes les procédures ; parce qu'il ne peut y avoir, à cet égard, ni une communication partielle, ni une défense partielle, parce

que la juſtification de l'Accuſé peut réſulter du rapprochement de la première & de la dernière pièce du procès , de la
première & de la dernière ligne de la procédure ; parce
que le feu Comte de Lally ne paraîtrait pas aujourd'hui devant la Cour, connaiſſant une partie de cette procédure , &
ignorant l'autre ; parce que le curateur à la mémoire du feu
Comte de Lally doit paraître devant la Cour , dans le même
état qu'il y eût paru lui-même ; parce qu'enfin l'on ne peut
pas propoſer la défenſe , ſans connaître l'attaque.

Cette communication une fois obtenue , je me propoſais
d'établir de nouvelles preuves de l'innocence de mon père,
ſur une foule de pieces que l'on doit actuellement trouver
au procès , notamment dans le *troiſieme ſac*. Je me propoſais d'articuler contre la plupart des témoins de nouveaux
reproches, que l'Ordonnance m'autoriſait à préſenter , dès-
lors qu'ils auraient été juſtifiés par écrit ; & que mon père
n'avait pu préſenter autrefois, ſoit parce qu'on avait écarté de
lui les pièces qui les lui euſſent fait connoître, ſoit parce
qu'on avait rejeté la Requête par laquelle il avait demandé
à les établir.

Indépendamment des reproches perſonnels que j'euſſe oppoſés aux ſieurs Moracin, Courtin, Denis, Duplan, Nico-
las, Lagrenée, de Buſſi, Landiviſiau, Trinquière , &c. j'euſſe
invoqué en général cette lettre ſi importante, écrite le 16 Octobre 1762 , par le Miniſtre des Finances au Miniſtre de la
Guerre, lorſque ce dernier s'empara de l'affaire qui n'était
encore alors qu'une affaire d'adminiſtration ; j'y euſſe fait remarquer que M. Bertin notait , comme ſuſpects & indignes de foi,
tous ces dénonciateurs ligués contre mon père, auteurs des

libelles, fabricateurs des pieces que ce Miniftre annonçait alors à fon collègue, & j'en euffe fait fortir cette question véritablement frappante : « Ceux qui ont été jugés incapables de fonder
» même une décifion miniftérielle, ont-ils pu être jugés capa-
» bles de fonder une condamnation judiciaire » ?

J'ai encore demandé qu'il me fût fait un interrogatoire par-devant M. le Commiffaire-Rapporteur, parce que je me ré-fervais de réquérir alors la repréfentation de ces différentes pièces, & de me livrer à une difcuffion que ne comporte pas cet interrogatoire fommaire.

La Cour a joint au fond la Requête qui renfermait toutes ces demandes. J'ai reçu cet Arrêt non-feulement avec foumiffion, avec refpeĉt, mais encore avec reconnaiffance, avec tranfport. Il eft digne de Magiftrats auffi fenfibles qu'éclairés, d'abréger les épreuves cruelles auxquelles l'innocence a été trop long-tems condamnée ; il eft digne tout à la fois de leur cœur & de leur juftice, de s'élancer, pour ainfi dire, vers l'inftant où ils arracheront à l'oppreffion tant de victimes que jamais elle n'eût dû écrafer : ah ! MM. vous aurez toujours affez de regret de ne pouvoir rendre que l'honneur à celle qui a été privée de la vie. Dès-lors, MM. & cette exécution entière des premières Lettres d'attribution du mois de Janvier 1764, autrefois oubliées & renvoyées aujourd'hui à la Cour ; & cette *inftruction à décharge*, dont M. le Procureur-Général de Rouen avait annoncé le projet ; & tous ces témoignages refpeĉables qu'on avait autrefois écartés & qu'il voulait aujourd'hui recueillir ; enfin, toute cette nouvelle procédure que les vices de l'ancienne femblaient demander, néceffaire fans doute, fi vous euffiez entrevu le plus

7

léger nuage fur notre innocence; vous a paru fuperflue, dangereufe même, lorfqu'elle ne fervirait plus qu'à éloigner la manifeftation de cette innocence. Ce qui, dans des temps malheureux, a été l'effet de l'erreur & de la privation, eft devenu, dans ces jours de confolation, le gage de la juftice & de l'humanité. Graces éternelles vous en foient rendues, & béni foit le jour où la vertu proteĉtrice s'eft empreffée de venir au fecours de la vertu fouffrante.

J'ai produit, Meffieurs, devant la Cour le Mémoire que j'avais préfenté au Confeil d'Etat du Roi, & qui eft employé dans ma Requête en ampliation vifée dans l'Arrêt de caffation. Il était de mon objet de préfenter ce Mémoire à la Cour, & il était du fien de le connaître.

La première partie renferme le détail exaĉt & fuivi de tous les faits de l'expédition de l'Inde; elle met l'innocence de mon père dans le jour de l'évidence, pour les yeux même les moins clairvoyans. Je n'ai point relevé une à une tout ce fatras d'allégations, qui ne méritaient pas l'honneur qu'on leur a fait autrefois de les réfuter : cet objet a été rempli dans les Mémoires qu'on a produits pour mon père, & c'était déjà trop de s'en être occupé une fois. J'ai cru, comme M. de la Chalotais, que *la conduite foutenue des hommes était l'ex- preffion la plus fûre de leurs fentimens.* J'ai cru que l'expofition fimple & vraie d'un fait conftant & prouvé, fuffifait pour re- pouffer tous les menfonges inventés pour le combattre. Lorf- que les Denis, les Courtin, les Landivifiau de Rome vou- laient accabler Scipion fous le poids de leurs délations, Scipion, MM. ne difcutait pas leurs calomnies, il rappellait fes aĉtions, il difait : *tel jour j'ai combattu les ennemis de l'Etat, tel jour je les ai vaincus*, & il entraînait fes Juges au Capitole pour en remercier les Dieux. Si mon père avait moins de fuccès à préfenter, il n'avait pas moins de fervices à faire valoir. S'il n'avait pas toujours obtenu la victoire, il l'avait toujours méritée, & ceux qui ne jugent d'une entreprife que par le bonheur qui la couronne, ou par le malheur qui la renverfe, ne méritent pas que leur fuffrage foit compté.

J'ai joint à cette première partie une foule de pièces qui en garantiffent les faits; vous favez, MM. que mon père les avait annoncées. Vous favez que d'un bout à l'autre de fes confrontations, que fur foixante-quatre chefs de fon interroga-toire, il n'a eu d'autre réponfe à faire, finon qu'il répondrait quand la liberté de fe défendre lui ferait donnée, quand fes pièces lui feraient reftituées. Vous favez avec quelle rapidité on a précipité les opérations du procès, lorfqu'il a été queftion de la production de ces pièces. Vous favez qu'on lui a refufé *un délai de huit jours pour mettre fa défenfe en état*. Vous favez que ceux qui le défendaient (autant qu'on peut dé-fendre un Accufé avec lequel on n'a aucune communication) en préfentant une partie de ces pièces avec la Requête d'atté-nuation, s'étaient réfervé de produire les autres. Ce font elles que je repréfente aujourd'hui, du moins ce qui m'en refte. Beaucoup fe font perdues dans les tranfports continuels & furtifs qu'il a fallu faire de ces papiers, pour les dérober à l'Inquifition & aux Inquifiteurs: mais la Providence a fem-blé veiller pour m'en donner un dédommagement. Ainfi je ne fais par quelle fatalité s'eft perdue toute la Correfpondance originale du fieur de Leyrit: un neveu de ce fieur de Leyrit a imaginé d'attaquer mon père mort, après n'avoir ofé l'attaquer vivant, & il a produit toute la minute des Corref-

pondances

pondances de ſon oncle. Ainſi, une partie des lettres originales du ſieur de Buſſy me manquait également : le neveu du ſieur de Leyrit, qui prend ſur lui tous les rôles, & qui repréſente tous les perſonnages, a produit la minute de la Correſpondance du ſieur de Buſſy. Je n'ai rien perdu ſur ces deux objets, & je ne cite rien que d'authentique.

La ſeconde & la troiſième partie de mon Mémoire au Conſeil, portent ſur l'examen des procédures, les analiſent, les diſcutent, les apprécient toutes, l'une après l'autre.

Ce Mémoire comprend donc tout à la fois, & le fond & la forme : or, la Cour ſe trouve ici Juge & du fond & de la forme.

Il eſt bien vrai que j'avais demandé au Conſeil du Roi la caſſation des procédures, en même temps que celle de l'Arrêt de 1766. Il eſt bien vrai qu'on a annullé l'Arrêt ſans annuller les procédures. Mais il eſt vrai auſſi, que quand j'ai demandé pourquoi l'on avait laiſſé ſubſiſter ces procédures, les Magiſtrats du Conſeil m'ont répondu : « Principe général ; » le Conſeil du Roi fait ce que les autres Tribunaux ne peu- » vent pas faire. Les autres Tribunaux ne peuvent pas caſſer les » Arrêts définitifs ſouverainement rendus ; le Conſeil du Roi » les caſſe. Les autres Tribunaux, non-ſeulement peuvent, » mais doivent juger les nullités d'une procédure, avant de faire » l'Arrêt ; l'Ordonnance le recommande à *leur devoir & à leur* » *religion* ; ce ſont les propres termes de l'article 8 du titre » 14 ; & il ne diſtingue point les genres de nullité, il com- » prend généralement toute nullité quelconque : donc ce ſera » aux nouveaux Juges que vous aurez, à prononcer ſur la

B

» procédure ; c'eſt à eux qu'il appartiendra d'en ſuppléer les
» parties incomplettes, d'en redreſſer les parties erronées,
» d'en annuller les parties vicieuſes, en un mot, de faire en-
» trer au procès tout ce qu'on en avait injuſtement écarté,
» & d'en écarter tout ce qu'on y avait fait entrer mal-à-pro-
» pos, tous ces témoignages inadmiſſibles, toutes ces plaintes
» incompétentes, tous ces chefs également étrangers, & à la
» Juſtice ordinaire, & aux Lettres d'attribution ».

Il me reſte, MM. un mot à dire ſur le *ton* que quelques
perſonnes ont reproché à mes Mémoires : elles ſont en bien
petit nombre, à la vérité, mais c'eſt encore trop qu'une ſeule
ait pu me croire coupable.

Ah ! ſans doute, MM. on a dû y trouver pluſieurs traits
d'amertume, de reſſentiment, de déſeſpoir. Malheur à moi
ſi j'avais toujours pu m'en défendre ! Je trempais ma plume
dans le ſang d'un père. Ce ne ſont pas ici, MM. de vaines
déclamations. Interrogez ceux qui m'ont vu travailler à ces
terribles Mémoires ; ils vous diront combien de fois ils m'ont
ſurpris égaré par la douleur, les cheveux hériſſés ſur mon
front, ma reſpiration étouffée dans mes ſanglots, mes yeux
changés en deux ruiſſeaux, & des torrens de larmes effaçant
ce que traçait ma main tremblante. Ils vous diront dans quel
état j'ai été, lorſqu'après avoir cité le procès de M. de la
Chalotais, j'ai écrit ces deux lignes : *ô mon père ! par quelle
fatalité les Loix qui ſauvaient les autres, étaient-elles impuiſſan-
tes pour vous ſeul ?*

Permettez-moi, MM. de tirer encore un exemple de

ce même procès. J'aime à citer M. de la Chalotais; & puisque des ennemis plus méprisables encore qu'ils ne font odieux, ne cessent de vouloir armer contre moi les passions de l'homme, désespérant de pouvoir armer la justice du Juge; puisqu'ils ne cessent, contre toute vérité, contre toute raison, de me représenter comme l'éternel détracteur de la Magistrature, moi qui, prosterné devant elle, implore sa protection & me confie dans ses vertus, moi qui attends d'elle & l'honneur de mon père, & le repos de ma vie, & peut-être la conservation de mon existence; moi qui sens, qui crois, qui ai imprimé qu'*un véritable Magistrat était un Dieu sur la terre;* j'aime à montrer qu'en défendant la Cause de mon père, je défends celle des Magistrats ainsi que des autres Citoyens, que je vous défends, MM. vous tous en général, & chacun en particulier, puisqu'enfin il n'est que trop vrai que les fonctions célestes que vous remplissez, ne vous mettent pas encore à l'abri de l'abus qu'on peut en faire.

M. de la Chalotais, MM. subissait donc un procès criminel, hélas! à la même époque que celui de mon père, en 1766; à la même époque que le Chevalier de la Bare.... c'était l'année des malheureux. Il s'élevait comme mon père contre les rigueurs inouies d'une procédure qui n'avait pas même de corps de délit pour l'asseoir. Il se plaignait comme mon père de ce que, ne pouvant lui citer une seule action criminelle, on lui cherchait un crime dans le fond de ses intentions. Il réclamait comme mon père contre cet art meurtrier qui cherche à perdre un malheureux Accusé dans une foule de questions aussi obscures que captieuses, & qui sème ses pas de pièges aussi honteux pour la justice, que dangereux pour l'innocence. On lui reprochait, dans son interrogatoire, comme on a reproché à mon père, & comme on me reproche à moi, d'avoir exhalé de l'amertume; & voici ce que M. de la Chalotais répondait à la troisième séance du Mardi 3 Février 1766.

A dit qu'il confesse être revenu de Paris l'esprit aigri & le cœur ulcéré..... qu'il avait contre lui trois cabales..... qu'il se trouvait tous les jours accablé d'injures atroces, de libelles diffamatoires, de brochures où il semblait être l'unique but des flèches empoisonnées de tous les fanatiques du Royaume,... qu'il était vexé, vilipendé, injurié.... Il demande s'il ne fallait pas une patience plus qu'angélique pour n'avoir pas le cœur gonflé de pareils sujets. Que le plus sage, le plus doux, le plus modéré des hommes lui jette la pierre, & lui dise ce qu'il eût fait & ce qu'il n'eût point fait, ce qu'il eût dit & ce qu'il n'eût pas dit.....

Telles étaient, MM. les propres expressions de M. de la Chalotais. Sans doute il était justifié par cette réponse. Mais il parlait *d'injures, de libelles, de brochures!* Eh, qu'eût-ce donc été s'il eût dit : « Je pleurais, je vengeais mon » père innocent mort sur un échafaud. Je pâlissais jour & » nuit sur une procédure où je voyais à chaque ligne le projet » déterminé de le perdre. Je pâlissais sur une information que » ses dénonciateurs, que ses plus mortels ennemis avaient » composée, où des *peut-être* & des *sans doute* avaient pré- » paré un Arrêt de mort. Je pâlissais sur des confrontations » d'où un sieur Dure, sur lequel la main de la Justice eût » dû s'appesantir à l'instant, sortait libre, triomphant, restant » faux témoin avéré, & ne finissant pas même par être té- » moin rejeté. Je pâlissais sur un interrogatoire pendant lequel » le Juge menaçait mon père de le *faire rouer vif.* Je pâ

» liſſais ſur un rapport........ vous le connnaiſſez, MM.
» ſur un Arrêt..... le Roi l'a caſſé. Je ſuivais l'exécution de
» cet Arrêt. J'entrais avec mon père dans ſon dernier cachot,
» je me jetais dans ſes bras ; je m'identifiais avec lui ; je buvais
» avec lui juſqu'à la lie du calice ; je ſentais ma bouche em-
» muſelée de cet affreux bâillon ; je montais avec lui dans cet
» horrible tombereau , & malheureuſement je ne recevais
» pas avec lui le coup mortel !... Depuis l'âge de quinze ans,
» pendant dix-ſept années entières, voilà les images qui m'ont
» aſſailli ; voilà les idées dont mon cœur s'eſt nourri : je n'ai
» vu que des chaînes, des faux témoins, un procès monſtrueux,
» un Commiſſaire prévenu, des Juges trompés, des Bourreaux,
» des échafauds, du ſang, le ſang de mon père !... *Que le*
» *plus ſage, que le plus doux, que le plus modéré des hommes*
» *me jette la pierre*..... ah ! ce n'eſt pas aſſez dire : que le
» plus froid, que le plus ingrat, que le plus dénaturé des
» fils *diſe ce qu'il eût fait & ce qu'il n'eût pas fait, ce qu'il*
» *eût dit, & ce qu'il n'eût pas dit.* »

Ah ! MM. s'il était poſſible que les manœuvres de la haine
puſſent jamais parvenir à ſurprendre le vœu de la vertu, s'il
était poſſible qu'on pût vous perſuader que l'offenſe qui a
toujours été ſi loin de mon cœur, eût exiſté dans une ſeule
ligne de mes Ecrits, vous me verriez tomber à vos pieds ; je vous
demanderais comme une grace de me faire expier ma faute ; je
vous dirais : « voilà la victime, frappez ; mais du moins qu'il
» ne vous reſte aucun levain de mécontentement, quand vous
» prononcerez ſur le ſort de la première. Que je ne nuiſe pas
» à une Cauſe pour laquelle je donnerais mon ſang. Puniſſez
» le fils, juſtifiez le père, & je bénirai encore la main qui
» me frappera »..... Mais vous être trop juſtes, MM. pour

m'imputer un crime que je n'ai pas commis. Vous êtes trop supérieurs, & aux complots de la haine, & aux foiblesses de l'humanité, pour que j'aie une seule crainte à concevoir. Non, nous n'en sommes pas encore venus à ce point de dépravation, que le cri de la nature paraisse un blasphême. Voyez dans mon cœur, il est pur comme les sentimens qui le pénètrent & comme les motifs qui l'animent. Il a plus de respect, plus de tendresse encore pour ses sauveurs, qu'il n'a de haine pour ses bourreaux. Il vous inscrit d'avance parmi les premiers, & sa vénération, sa reconnaissance, son culte, sa vie, son existence sont à vous.

Enfin, MM. mon père est-il coupable de haute trahison, ne l'est-il pas ? Existe-t-il au procès un fait, l'apparence d'un seul fait qui offre ce crime ? Pourrait-on, dans un Arrêt qui le déclarerait coupable de *haute trahison*, articuler en quoi, dans quelle occasion, de quelle manière il s'en est rendu coupable, ce qui est aujourd'hui d'une nécessité indispensable ? Voilà la question.

Ah, Messieurs, de bonne foi devrait-ce en être une ? Mon père trahissait-il son Roi, lorsqu'il s'emparait de trois places en moins de cinq semaines ; lorsque, deux mois après, il soumettait toute une Province ; lorsqu'il battait les ennemis par-tout où le nombre n'écrasait pas la valeur ? Trahissait-il son Roi, lorsque devant Saint-David il piochait la terre, creusait la tranchée, tirait des charriots, portait des fardeaux, triomphait ainsi des préjugés stupides de l'Indien, & le faisait concourir aux progrès de nos armes & aux travaux du siége ? Trahissait-il son Roi, lorsque pendant ce même siége, il volait à Pondichéry, payait de son argent les Matelots qui refufaient de fervir, & forçait l'Efcadre de reprendre la mer? Trahiffait-il fon Roi, lorfqu'après avoir conquis toutes les places maritimes des Anglais, il courait attaquer leur capitale, lorfqu'il avançait aux Fermiers foixante mille roupies pour les frais de cette expédition? Trahiffait-il fon Roi, lorfqu'encore avec fon argent il ramenait à fes drapeaux une Armée entière révoltée, à qui l'Adminiftration de Pondichéry devait dix mois de folde? Trahiffait-il fon Roi, lorfque, toujours avec fon argent, il rempliffait les magafins de la Colonie; lorfque n'ayant plus d'argent, il facrifiait fes effets, fa vaiffelle, fa montre, celle de fon Secrétaire pour procurer à cette Colonie quelques mefures de riz de plus, dans l'attente de l'Efcadre? Trahiffait - il fon Roi, lorfque, fans argent, fans hommes, fans vaiffeaux, fans vivres, il défendait fa place pendant neuf mois; lorfque le Général anglais lui payait le tribut de l'admiration la plus fincère, & l'appellait du nom de *grand Homme;* lorfque tous les Anglais avouaient que *fa défenfe obftinée fauvait l'Ifle-de-France?* Trahiffait-il fon Roi, lorfque la furveille de la reddition, fur le bruit d'une entreprife formée par l'ennemi, accablé de maladie, il fe faifait tranfporter dans fon lit fur les remparts, & d'une main défaillante diftribuait aux Canonniers exténués la dernière pièce de vin qui lui reftât? Avait - il trahi fon Roi, lorfque de retour en France, comblé d'éloges fur fes opérations militaires par deux Maîtres de l'Art, les Maréchaux de Richelieu & d'Armentieres, il leur difait, en fanglotant : *& c'eft moi qu'on accufe d'avoir trahi le Roi !*

Et qu'oppofe-t-on à tous ces faits certains, prouvés, conftans au procès? De miférables allégations, qui, en matière moins grave , auraient fait retrancher de la fociété, comme infenfés, ceux qui les ont mifes au jour. *Deux fufées*, dont on demande compte férieufement, au bout de fix ans, à un Général qui a été dans le cas d'en faire tirer deux mille, foit pour fignal d'une attaque, foit pour donner l'alerte à l'ennemi, foit pour s'affurer de la vigilance d'une garnifon, foit pour correfpondre avec une Place ou avec un détachement, foit pour fignaler la flotte ! *Deux fufées* que Lavaur & Landivifiau, malgré leur fureur calomniatrice, affurent, l'un dans fon journal, l'autre dans fa dépofition, *avoir eu pour motifs les inquiétudes ordinaires de M. de Lally, & une précaution de plus pour tenir tout le monde en alerte* ! *Deux fufées* qui ont *empêché l'ennemi de rien entreprendre contre la Ville* ! Des *pots à feu* qui ont été placés fur les bords de la mer pour que les Vaiffeaux anglais, lors de l'ouragan du 1er. Janvier, choififfent la place la plus commode pour échouer ! Une *clef de poterne* qu'on n'ouvre que dans l'intérieur d'une Place, & que les Soldats anglais fe paffaient de main en main ainfi qu'une autre *fufée* toujours prête à être tirée, & qui ne l'a jamais été ! Que fais-je ? l'opprobre, MM. l'opprobre de la raifon humaine, & pour lequel vous vous offenferiez qu'on exigeât votre attention, fi la réparation d'une injuftice, fi la réhabilitation de quatre innocens ne devaient pas en être le réfultat.

Et quels témoins, MM. ? Je fuis las de le dire & vous devez l'être de l'entendre. Ce qu'il y avait de plus vil & de plus coupable : des gens roulés dans la fange & dans le crime ; des gens que mon père avait été chargé de châtier, dont il avait puni les uns & dénoncé les autres ; des gens qui ne refpiraient que la haine & la vengeance ; qui s'armant contre lui de la récrimination, s'étaient portés pour fa partie ;

qui

qui avaient demandé un Tribunal pour le pourfuivre, qui avaient écrit qu'*ils étaient en inftance avec lui*, qui avaient crié publiquement *qu'il fallait que M. de Lally perdît fa tête ou qu'ils perdiffent la leur*. Pas un qui ne fût convaincu de faux témoignage ; plufieurs évidemment fubornés ; & malgré la fureur qui les animait, malgré l'impunité dont ils jouiffaient, aucun ne voulant articuler le crime de trahifon ; les uns ofant à peine en infinuer le foupçon à la faveur des *fans doute* & des *peut-être*, les autres le reniant formellement, parce qu'ils défefpéraient de le rendre même vraifemblable. Vous favez, MM. que Landivifiau a fini fa dépofition par déclarer qu'il *n'imputait à M. de Lally aucune tradition ou trahifon formelle*. Vous favez que le fieur de Jumillac a déclaré pofitivement à fa confrontation, qu'*il n'avait prétendu jetter aucun foupçon de trahifon fur la perfonne de l'Accufé*. Vous favez que tous les témoignages, abfolument tous, fur le fait de haute trahifon, fe réduifent à celui du feul Palefrenier Michelard.

Des témoignages ! Vous avez vu, MM. ceux qui font au procès, vous les avez lus, appréciés : en voici d'une autre efpèce. Vous allez entendre plus de témoins dépofans à la décharge, à la gloire de mon père, que vous n'en avez entendus, je ne dirai pas qui l'aient chargé, ce ferait un abus de terme ; mais qui aient effayé de le charger. Souffrez, MM. que je vous conjure de redoubler d'attention.

Permettez-moi d'abord de vous mettre fous les yeux une déclaration particulière d'un Monmorenci, dont le nom auffi ancien que la Monarchie, eft auffi facré que l'honneur.

Vous n'avez pas lu vraifemblablement un Ecrit intitulé : *fes*

C

cond Mémoire de M. d'Eprémesnil à Dijon. Je vous l'aporte, Messieurs. Je l'ouvre à la page 47, & voici le défi que j'y trouve.

Citoyens, Magistrats, j'ose vous répondre encore que le Marquis de Montmorenci ne signera jamais qu'il tient le Général Lally pour honnête homme...... Signé, Duval d'Éprémesnil.

Voici, MM. la réponse à l'appel.

J'ai toujours tenu, & je tiens encore le Général Lally nonseulement pour honnête homme, mais pour brave & zélé Serviteur du Roi, parce que je l'ai toujours vu tel, & que personne ne m'a encore fait voir le contraire. Je le dis, je le pense, & je le signe.
Signé, Marquis de Montmorenci-Laval.

Actuellement, MM. voici l'acte dans lequel se sont réunis tous les témoignages précieux que j'ai eu l'honneur de vous annoncer.

Nous soussignés, Commandans ou Officiers dans les Troupes de Sa Majesté, ou dans celles de la Compagnie des Indes, Employés ou Habitans de Pondichéry, ayant tous été dans l'Inde sous le Commandement du feu Comte de Lally.

Sur ce qu'il nous a été dit par M. le Comte de Lally-Tolendal, curateur à la mémoire de son père, & poursuivant sa justification, que l'on répand avec profusion dans le public un Ecrit (1) qui lui a été signifié juridiquement à lui-même, le 13

---

(1) Second Mémoire de M. d'Eprémesnil à Dijon.

Novembre dernier : *Que*, *dans cet Ouvrage*, *l'Auteur*, *en préconisant le Journal accusateur composé autrefois par le Père Lavaur*, *contre le Général Lally*, *& en s'indignant de la qualification* d'imposteur, *donnée à ce Moine par le Comte de Lally fils*, *s'écrie*, *page* 44 : voilà qui me paraît fort singulier ; ce Jésuite n'était qu'un imposteur, & tous les Français de l'Inde, ICI JE DIS TOUS, TOUS SANS EXCEPTION, confirment, & souvent même aggravent les faits consignés dans le Journal. . . . . . .

Que, *dans ce même Écrit*, *au milieu d'un torrent d'invectives contre ce même Général*, *on trouve*, *pag.* 37, *cette autre phrase* : & vous, victimes par milliers de ses déprédations, de ses fureurs, de ses perfidies, s'il se trouve un seul Français ou un seul Asiatique prêt à déposer en sa faveur devant ce Dieu de vérité, qui livre les coupables & les parjures à la Justice, j'abandonne aussi-tôt votre Cause & la mienne.

Que, *dans cette circonstance*, *d'après une assertion & un défi si clairement & si hardiment prononcés*, *mondit sieur de Lally doit à la mémoire de son père qu'il défend*, *& à nous-mêmes que l'on atteste*, *de nous interpeller au nom de l'honneur & de la vérité*, *pour déclarer* :

Premièrement, *s'il est vrai qu'aucun de nous ait jamais* confirmé & même aggravé les faits consignés dans le Journal accusateur du Père Lavaur ? (*Et*, *pour nous mettre à portée de prononcer en connaissance de cause*, *mondit sieur de Lally nous a mis sous les yeux le compte qu'il a rendu de ce Journal*, *& les passages entiers qu'il en a transcrits dans*

C 2

*ſon Mémoire au Conſeil, nous offrant le Journal complet
pour vérifier ſes citations).*

*Secondement , ſi nous avons connu ces prétendues victimes
par milliers , des prétendues déprédations , fureurs & perfidies du feu Comte de Lally , & s'il eſt vrai qu'il ne s'en
trouve pas un ſeul parmi nous , prêt à dépoſer en ſa faveur ?*

*Sur cette double interpellation , nous nous croyons tous obli-
gés , en honneur & en conſcience , de répondre :*

*Quant à la première queſtion ; que , loin d'avoir jamais con-
firmé & aggravé les faits conſignés dans le Journal accuſa-
teur du Père Lavaur , nous n'avons pu voir qu'avec horreur
& avec pitié , le tiſſu d'atrocités & d'inepties qu'il renferme.
Qu'en général , tous les crimes prétés par ce Moine au feu
Comte de Lally , ſont moralement démontrés faux pour nous ,
d'après la connaiſſance que nous avons eue du caractère , des
principes & de la conduite de celui qu'on en accuſe. Qu'en particulier , il n'en eſt pas un ſeul parmi nous , qui ne puiſſe dé-
mentir pluſieurs de ces accuſations par ſon témoignage ocu-
laire. Qu'enfin , c'eſt nous calomnier , que de nous aſſocier à
un Ecrivain de cette trempe , & que le ſoupçon ſeul nous paraît
un outrage.*

*Quant à la deuxième queſtion ; que , de ces prétendues vic-
times par milliers , des prétendues déprédations , fureurs &
perfidies du feu Comte de Lally , nous n'en avons jamais
connu une ſeule. Que , ſi la guerre a fait des victimes , ce
Général a été la première. Qu'au lieu d'un déprédateur & d'un
traître , nous avons vu un homme ſacrifiant auſſi généreuſe-*

ment ses biens ; qu'il exposait courageusement sa vie pour le
Service de son Roi. Qu'il n'est pas un seul de nous qui ne
l'aït vu , soit pendant le Siége de Saint-David , distribuant de
son argent soixante mille livres aux Matelots , pour mettre
l'escadre en état de reprendre la mer ; soit avant le Siège de
Madras , avançant de son argent cent quarante-quatre mille
livres aux Fermiers , pour mettre l'armée en mouvement ; soit
pendant ce Siége de Madras , prenant de son argent , au pair ,
pour trente-six mille livres de billets de caisse , qui perdaient
vingt-cinq ou trente pour cent , afin de ramener la confiance ;
soit lors de la révolte de Vandavachy , envoyant cinquante mille
francs de son argent aux Soldats rebelles , pour les faire rentrer dans le devoir ; soit enfin pendant le blocus , achetant de
son argent des grains , pour nourrir Pondichéry. Que , quant
aux fureurs , s'il est vrai que nous avons connu au Général
Lally une vivacité extrême & un caractère bouillant , il n'est
pas moins vrai que nous lui avons connu aussi une ame bonne
& un cœur sensible. Que nous l'avons vu aussi prompt à s'ap-
paiser , qu'à s'irriter ; menaçant beaucoup , & n'exécutant point
ses menaces ; finissant souvent par rendre service à ceux qu'il
regardait comme ses plus mortels ennemis ; visitant les Soldats
malades ou blessés , les consolant , leur administrant lui-même
des remèdes. Que , le plus souvent , la dureté & la violence
de ses propos prenaient leur source dans les contrariétés , dans
la disette de moyens , dans l'impossibilité où il se voyait d'obtenir les succès qu'il avoit espéré procurer aux armes du Roi.
Qu'enfin , nous avons tous eu des preuves multipliées , nonseulement de sa fidélité , mais de son zèle & de sa bravoure ,
de la bonté & de la générosité de son cœur ; que nous sommes
tous prêts à en déposer en sa faveur ; & qu'en attendant que

nous soyons cités devant un Tribunal particulier, nous le dé-
clarons d'avance devant le Tribunal de la Nation, devant celui
de la Postérité, à la face du Ciel & de la Terre. En foi de
quoi nous avons tous signé. Et ont signé, tant sur la minute
originale, dressée à Paris le 16 Décembre 1782, que sur dif-
férentes expéditions, datées du lieu & du jour de chaque signa-
ture; Savoir:

Le Chevalier DE CRILLON, Maréchal de Camp.

Le Marquis DE MONTMORENCI-LAVAL, Maréchal des Camps & Armées du Roi.

Le Chevalier DE LA FARE, Maréchal de Camp.

Le Chevalier MAGGRÉGOR, Chevalier du Mérite militaire, ci-devant commandant les Ville & Forts de Gingi dans l'Inde.

DE KENNEDY, Chevalier de St. Louis, ci-devant commandant le Fort de Thiagar, dans l'Inde, & actuellement les Ville & Fort de Sierck, Lorraine allemande.

HUSSEY, Chevalier de St. Louis, ci-devant Commandant les Ville & Fort d'Arcate, dans l'Inde.

GUILLERMIN, Chevalier de St. Louis, ancien Commandant de Bataillon du Régiment de Lorraine.

Le Comte DE STACK, Chevalier de St. Louis, Colonel d'Infanterie, ci-devant Commandant à Cangivaron, dans l'Inde.

GÉOGHÉGAN, Chevalier de St. Louis, Colonel d'Infanterie, ci-devant Capitaine de Grenadiers, & commandant l'Armée du Roi dans l'Inde à la premiere bataille de Vandavachy, gagnée sur les Anglais le 30 Septembre 1759.

DALTON, Chevalier de St. Louis.

BULTER-CAHER , Chevalier de St. Louis.

O. HEGUERTY , Chevalier de St. Louis , Lieutenant-Colonel à la suite de Berwick.

DE GERNON , Chevalier de St. Louis.

DE NAGLE , Chevalier de St. Louis.

PICHENOT, Officier de Grenadiers , dans l'Inde.

DE MOLLOY , Chevalier de St. Louis.

THUILLIER.

DE CHEVIGNY , Chevalier de St. Louis.

BERTUCCIOLI.

BUTTER-D'ORMOND , Chevalier de St. Louis.

DE GANAY , Chevalier de St. Louis.

DE CREAGH , Chevalier de St. Louis.

Le Chevalier BOURKE , Chevalier de St. Louis.

PLUNKETT , Chevalier de St. Louis,

MAC-CORMIC , Abbé , Chef-d'Ordre de l'Abbaye de Banchor , Aumônier-Général de l'Armée du Roi dans l'Inde.

FRERET.

PAVIE.

THIBAULT.

EH bien , MM. , ai-je tort de me plaindre du choix qu'on a fait des témoins dans le procès de mon père ? Les motifs de ce choix sont-ils assez évidens ? Les suites en ont-elles été assez cruelles ?

Vous serez peut-être surpris que je parle encore de preuves à ajouter à celles que vous venez d'entendre. Ce seront les dernières & les plus précieuses.

Vous avez vu la Correspondance entière de mon père

dans l'Inde; j'en ai joint les minutes originales au procès.
Quelques lettres détachées, l'une d'un côté, l'autre d'un
autre, pouvaient encore laisser un subterfuge à la malignité :
il est des Ecrits destinés à l'ostentation, il est des sentimens
généreux qu'on affecte un jour, pour voiler les sentimens
coupables auxquels on se livre le lendemain ; mais une Correspondance suivie pendant trois années d'administration, dans
tous les lieux, avec tous les individus, sur tous les objets, &
qui, depuis la première jusqu'à la dernière ligne, ne respire
que le zèle, le patriotisme, le courage, l'amour de ses devoirs ; une telle Correspondance, j'ose le dire, ne laisse
plus lieu ni aux calomnies de l'homme méchant, ni aux
doutes de l'homme raisonnable. Il en est encore une autre,
MM., celle que mon père a entretenue du fond de sa
prison, que le mystère garantissait, que la tendre amitié
recevait, dans laquelle il versait son ame toute entière, &
qui est, pour ainsi dire, le journal de sa conscience & de
son procès. La voici, MM...... Titres également chers
& douloureux ! jamais encore je n'ai pu les toucher, sans
un frémissement mêlé d'horreur & de délices. C'est mon supplice, & c'est ma consolation. J'y vois mon père le plus
infortuné, mais je l'y vois aussi le plus innocent des hommes.
Mille fois mes larmes ont arrosé ces sacrés caractères ; ma
bouche les a pressés mille fois ; c'est mon bien, c'est mon
trésor, c'est ma vie. ... Je vous les confie, MM. S'il n'est
rien de plus atendrissant pour l'homme sensible, pour le Magistrat philosophe il n'est rien de plus convaincant. La phrase
qui paraît la plus indifférente, est souvent celle qui porte le
coup le plus profond. La gaieté naïve, l'intéressante folie à
laquelle mon père s'y livre, prouve peut-être plus son innocence que les plaidoyers éloquens qu'il y fait. Les plans
qu'il

qu'il y deffine pour fes jardins & pour fon habitation fu-
ture, valent peut-être les raifons qu'il y déduit pour fa
juftification. Lifez ces Lettres, MM. lifez-les toutes, je vous
en conjure. Je n'en ai retranché que celles que des affaires
de famille vouent néceffairement au fecret. J'euffe pu en
retrancher quelques autres, je l'euffe dû peut-être, d'après
les règles d'une prudence vulgaire. Le malheureux avait auffi
fes inftans d'amertume ; & c'eft bien à lui *qu'il eût fallu
une patience plus qu'angélique, pour n'avoir pas le cœur gonflé.*
Mais je ne fais pas ce que c'eft que de me méfier de votre générofité ; & après tout, en maudiffant *Baal*, on ne
blafphême pas *le Dieu d'Ifraël.*

Je finis, MM. en me jetant à vos pieds. Je ne vous demande point de vous laiffer toucher par mes larmes : mais
que le fang de mon père, que le fang du jufte ne vous
trouve pas infenfibles. Ce n'eft rien qu'un infortuné de plus,
& prefqu'en naiffant j'ai été dévoué au malheur : mais
c'eft beaucoup qu'un innocent condamné à la mort, & fa
mémoire laiffée dans l'opprobre. La France entière vous
implore par ma bouche ; fes Loix vous demandent vengeance ; fes Citoyens vous demandent sûreté ; fon Roi
vous montre la voie qu'il vous a ouverte. Enfin, MM.
il ne vous faut, je le fais, d'autre motif que celui de
l'équité ; cependant, il eft une gloire de la vertu, dont elle
peut fe repaître, & qu'elle doit defirer : permettez que mes
dernières paroles foient celles qu'adreffait au Sénat de Rome
un Orateur qui en fut la gloire. De toute part on attaque
notre Légiflation ; on infulte à notre Juftice ; on appelle de
fes décifions, on doute de fes oracles. Le Ciel, MM. le
Ciel lui-même vous remet le moyen de les venger, parce

D

qu'il vous en a jugés dignes. Rempliffez fes deffeins ; montrez
que fi, parmi nous, la Loi écrite peut être plus fage &
plus humaine, au moins la Loi parlante ne peut être, ni plus
pure, ni plus intègre ; imitez votre Roi, honorez votre Patrie, inftruifez l'Univers. Image du Juge fuprême par votre
puiffance, foyez-le en ce jour par votre juftice & par votre
bienfaifance : *Hoc divinitùs vobis datum eft, ad recuperandam
exiftimationem Judiciorum amiffam.*

> Le Comte de LALLY-TOLENDAL.

> DETOURBET, Procureur.

A DIJON, chez L. N. FRANTIN, Imprimeur du Roi. 1783.

Depuis mon interrogatoire j'ai reçu une nouvelle signature, celle du Vicomte de Maulde, Brigadier des Armées du Roi, à ajouter à tous les noms respectables dont est souscrite la Déclaration imprimée pages 18 & suiv. de mon Discours. Hélas ! autant je découvrirai d'honnêtes-gens, autant je recueillerai de suffrages. Je crois devoir publier plusieurs Lettres d'envoi qui m'ont été écrites lors des signatures ; on verra combien est profond dans tous ces cœurs généreux le sentiment de l'innocence de mon père, & combien la Justice eût pu recueillir de témoignages précieux, si l'innocence de l'Accusé n'eût pas été évidente pour eux d'après les propres délations de ses calomniateurs.

A l'Isle Bouchard, ce 22 Avril 1783.

C'est toujours avec un nouveau plaisir, M. le Comte, que je vois les efforts que vous faites pour la justification de mon trop malheureux Général. Que je me trouverais heureux si je pouvais vous y aider en quelque façon que ce fût! j'y sacrifierais bien gaiement, & ma personne & tout ce qui en dépend. Mais vous aurez cette gloire tout seul. Le Ciel est trop juste pour que les vertus filiales que vous montrez ne soient pas récompensées par un succès plein & entier. La cause est juste, vous en portez la démonstration jusqu'à l'évidence ; comment serait-il possible que vous ne réussissiez pas ? Je vous renvoie ce que vous m'avez demandé, & vous remercie bien de ce que vous m'avez envoyé. Vous me promettez de ne pas m'oublier quand le grand Mémoire paraîtra ; je compte sur cette bonté de votre part, & l'attends avec impatience, d'autant mieux que, lorsque je le recevrai, j'espèrerai apprendre bientôt après le jugement, & par conséquent le gain de notre affaire, car je la regarde aussi comme mienne. Oh! que je serais flatté d'être pour-lors assez près de vous pour vous aller embrasser, & confondre mes larmes de joie avec les vôtres! mais l'éloignement n'affaiblira point les sentimens de mon cœur, & je partagerai le plaisir dont vous jouirez pour-lors, comme j'ai partagé vos chagrins & vos douleurs. Recevez mes remerciemens sur toutes les choses obligeantes que vous me dites, & soyez bien certain que personne ne peut être avec une plus grande vénération & une plus tendre amitié que moi, Monsieur le Comte, votre très-humble & très-obéissant Serviteur, Marquis de MONTMORENCY - LAVAL.

E

A Charlieu par Roanne en Forez , le 5 Mai 1783.

CE n'eſt, Monſieur, que depuis deux jours que j'ai reçu le paquet avec la lettre que vous m'avez fait l'honneur de m'écrire, quoique ſa date ſoit du premier Avril, & je m'empreſſe de vous envoyer ma ſignature, qui ne ſurprendra perſonne, car ce n'eſt que l'affirmation de ce que je n'ai ceſſé de dire tout haut, & par-tout où l'occaſion s'en eſt préſentée. Je voudrais bien, M. pouvoir vous indiquer d'honnêtes gens pour donner de même leurs ſignatures ; mais depuis le temps que je ſuis en Province, j'ai perdu de vue tout ce que j'ai connu dans l'Inde ; je vous nommerai cependant le Comte de Ganay Viſigneux, ancien Capitaine au Régiment, Chevalier de Saint-Louis, à Autun, il a épouſé Mlle. de Vergenne, niece du Miniſtre. M. de Nouziere *, Aide-Major du Régiment, y faiſant les fonctions de Major, Chevalier de Saint-Louis, à la Rochelle ou à l'Iſle de Ré ; deux autres, Capitaines du Régiment, à l'Hôtel des Invalides, Donay & Deſvingt *, le premier y eſt Aide-Major. Perſonne ne ſouhaite plus ardemment que moi de voir triompher l'innocence de Monſieur votre père, dont j'étais fort Serviteur, & en même temps confondre l'impoſture, ce que j'eſpère & attends avec impatience.

Agréez l'hommage des ſentimens reſpectueux avec leſquels j'ai l'honneur d'être, Monſieur, votre très-humble & très-obéiſſant Serviteur. *Signé*, GUILLERMIN.

* Mort.

* Morts.

Cambray , le 18 Juin 1783.

M.

Si j'ai tardé ſi long-temps à répondre à la lettre que vous m'avez fait l'honneur de m'écrire, c'eſt que j'ai été obligé d'attendre une occaſion pour faire paſſer l'inclus à M. Creagh à Valenciennes, auſſi Capitaine dudit Régiment, dont les témoignages que vous deſirez ſont tous à l'avantage de la mémoire de M. votre père ; nous avons rendu de tout temps juſtice à ſon mérite & à ſon innocence, que nous n'avons pu voir flétrir ſans gémir de notre impuiſſance à le défendre.

J'ai de plus l'avantage ſur bien de mes Camarades, d'avoir commandé à Cangivaron, & après à Arcate ſur la côte de Coromandel, dont j'ai gardé avec ſoin la correſpondance que j'avais avec le Général Lally, par où on verra combien il était occupé des intérêts du

Roi & du defir de combattre fes ennemis avec fuccès; copie de quoi
je puis vous envoyer, fi elle devient utile à la défenfe de votre Caufe,
qui me paraît, felon le témoignage de tous ceux qui ont été témoins
de fes opérations, ne tendre qu'à fa gloire; & fi la vérité prend le
deffus, à coup fûr vous triompherez. Veuillez bien être perfuadé de
l'intérêt vif que j'y prends, & des fentimens diftingués avec lefquels
j'ai l'honneur d'être,

MONSIEUR,

Votre très-humble & très-obéiffant
Serviteur,
Le Comte DE STACK.

A Brive-la-Gaillarde, le 8 Mai 1783.

J'AI reçu, Monfieur, la lettre que vous m'avez fait l'honneur de
m'écrire, où eft joint un papier que vous me demandez de figner:
permettez, Monfieur, que je vous dife que ce n'eft pas par égard à
vous, que je n'ai pas l'honneur de connaître perfonnellement, ni pour
la mémoire de M. votre père, dont je n'ai pas eu lieu de me louer,
que je le figne; mais ma confcience & mon honneur me l'impofent.

Agréez l'hommage des fentimens refpectueux avec lefquels j'ai l'honneur d'être, Monfieur, votre très-humble & très-obéiffant Serviteur.

Signé, GEOGHEGAN (1).

MONSIEUR,

Je reçois votre lettre datée du premier Avril, le premier Mai.
Sans balancer je figne le papier que vous m'envoyez, avec d'autant
plus de raifon, que je n'ai connu dans notre Général d'autres qualités que celles que je figne. La Compagnie de Grenadiers, dont j'é-
tais Officier, montait affez fouvent la garde chez lui, pour que je
connuffe fon caractère mieux que les trois quarts des Officiers de
l'Armée.

Le Père Lavaur, à qui je n'ai jamais parlé, & qui paraiffait être intime

---

(1) *Nota.* MM. de Geoghegan & d'Alton ont obfervé qu'ils fignaient les avan-
ces d'argent, comme témoins auriculaires, & le refte, comme témoins oculaires.

E 2

de notre Général, avec un pareil Mémoire, méritait de grandes punitions; d'ailleurs, de qui eft figné ce Mémoire, finon des Accufateurs de notre Général?

Les Officiers du Régiment de Lorraine qui étaient dans l'Inde peuvent vous être utiles, j'étais affez lié avec eux pour favoir leur façon de penfer au fujet de notre Chef, jamais je ne leur ai entendu dire du mal de M. de Lally, mais j'ignore leur demeure.

Dans ma traverfée de mon retour de l'Inde, j'ai fait un Mémoire de ce qui s'y était paffé, & je n'ai rien à changer; je l'ai montré à qui l'a voulu, & je ne rougirai jamais de dire la vérité....

Le Mémoire qui me regarde perfonnellement, contient d'autant plus la vérité, que je fuis en état de prouver ce dont il fait mention.

J'efpère, Monfieur, que vous réuffirez dans votre entreprife, je le defire de tout mon cœur, & vous prie de me croire avec un profond refpect,

MONSIEUR,

> Votre très-humble & très-obéiffant Serviteur.
> *Signé*, PICHENOT.

M.

Je m'empreffe de répondre à la lettre que vous m'avez fait l'honneur de m'écrire en date du premier Avril, que je ne reçois qu'à ce moment; j'ai figné avec tout l'empreffement poffible le certificat que vous m'avez envoyé, foit par rapport à mon refpectueux attachement pour M. votre père, foit à la juftice que je dois à fa mémoire, pour laquelle j'ai été, fuis & ferai pénétré de la plus haute vénération: j'ai eu l'honneur de fervir fous fes ordres Sa Majefté, il était mon Général, toute fon attention & fes démarches n'ont en pour but que la bravoure, les intérêts de fon Roi & de la Nation; il aimait l'ordre & la règle, & en voulait une exacte obfervance; voilà, M. la manière & la conduite fous laquelle j'ai eu l'honneur de connaître & voir opérer M. votre père; je vous prie d'être convaincu de la fincérité de mes fentimens à cet égard, & d'ajouter à cette grace celle de me croire,

MONSIEUR,

Celui qui a l'honneur d'être très-refpectueufement votre très-humble & très-obéiffant Serviteur. *Signé*, THUILLIER.

> *Rigny près Gray*, 6 Mai 1783.

M.

J'ai reçu la lettre que vous m'avez fait l'honneur de m'écrire, en date du 1er. Avril 1783, & de Dijon du 1er. Juin 1783, avec l'expédition y jointe; j'ai l'honneur, M. de vous la renvoyer signée de moi comme vous le desirez, & avec beaucoup de satisfaction & de plaisir.

J'y joins en outre les noms de plusieurs Officiers que je ne trouve pas signés sur cette expédition, ainsi que d'autres Particuliers dont je ne sais pas où ils sont, ou dans quelle Province; mais vous pourrez, M. les déterrer: ce sont tous des personnes de distinction & qui ont beaucoup souffert pour la cause aussi juste, & leurs cœurs connaissent la fausseté de la calomnie qui a été répandue dans toute la France.

J'ai l'honneur d'être, Monsieur, avec un sincère attachement,
Votre très-humble & très-obéissant Serviteur,
BUTLER D'ORMOND.

Dunkerque, ce 9 Juin 1783.

A Vicsigneux par Autun en Bourgogne, ce 10 Juin 1783.

JE vous renvoie, Monsieur, le Mémoire que vous m'avez adressé; je l'ai signé avec satisfaction, étant convaincu plus que personne de l'innocence de M. votre père. Je l'ai soutenu à toute la terre, je le soutiendrai toujours sur tous les faits qui sont à ma connaissance, & je desire bien sincèrement que vous obteniez enfin une justice qu'on vous fait attendre depuis si long-temps. J'ai l'honneur d'être avec les sentimens les plus distingués,

MONSIEUR,

Votre très-humble & très-obéissant
Serviteur. *Signé*, GANAY.

C'EST avec plaisir, Monsieur, que je signe les certificats que vous m'avez fait l'honneur de m'envoyer, d'autant plus que c'est la vérité, & que tous ceux qui l'ont connu comme moi, rendent justice à Monsieur votre père, notre Colonel, pour qui j'aurais facrifié la dernière goutte de mon fang. J'efpere, Monfieur, qu'en plaidant une jufte Caufe, de même que vous le faites, vous donnerez le démenti à tous ces adverfaires que je regarde comme des ennemis mortels, auffi bien que la Compagnie des Indes, en gardant notre argent après avoir répandu notre fang dans ce pays-là, à leurs fervices. Le défefpoir dans lequel je fuis de la mort de Monfieur votre père, m'empêche de vous en dire davantage.

Comme je n'ai pas connaiffance où réfide le reftant de mes Camarades, le plus court pour vous ce ferait de vous adreffer à M. Dhemmery, Secrétaire chargé du recouvrement des penfions militaires, il doit avoir le nom de tous ceux qui font penfionnés, & leurs réfidences. Je fuis & ferai toute ma vie avec un fincère attachement,

MONSIEUR,

Votre très-humble & très-obéiffant
Serviteur,

Signé, le Chevalier DE CREAGH.

De Valencienne en Hainault, ce 11 Juin 1783.

A l'Orient, le 13 Juin 1783.

JE me ferai, Monfieur, toujours un vrai plaifir de témoigner la vérité dans tout ce qui peut contribuer à votre fatisfaction, & je ne peux que rendre juftice à tout ce qui eft porté dans votre Mémoire, pour la juftification de feu Monfieur le Comte de Lally, qu'on a toujours fort mal apoftrophé, fans avoir rendu juftice ni à fa bravoure, ni à fes autres qualités; il a été des plus malheureux dans toute cette guerre.

Je defire, Monfieur, que ma fignature & celles de tous mes Camarades vous produifent les meilleurs effets poffibles; perfonne ne defire plus a réuffite de votre affaire que celui qui a l'honneur d'être, Monfieur, votre très-humble & très-obéiffant Serviteur. *Signé*, le Chevalier BOURK.

A Londres, ce 17 Juin 1783.

MONSIEUR LE COMTE,

Etant ici depuis quelque temps pour des affaires de famille, je n'ai pu recevoir l'honneur de votre lettre que fort tard, & je ne perds pas un inſtant à vous faire réponſe. Je vous renvoie votre Mémoire que je ſigne que avec un vrai plaiſir après le nom de M. de Gernon : je ſuis très au fait de tout ce qu'il conſtate, & je ſouhaite de tout mon cœur que vous puiſſiez remporter une victoire complette ſur les en-nemis de feu M. votre père, que j'ai toujours reſpecté & regardé comme un brave Officier, honnête homme & bon Citoyen. Je ſais depuis long-temps qu'il y a pluſieurs qui ont beaucoup travaillé pour noircir, s'il était poſſible, ſa mémoire ; mais j'eſpère qu'à la fin vous viendrez à bout de prouver ſon innocence à la face du ciel & de la terre. Perſonne n'a été plus attaché que moi au pauvre & infortuné Général, & aſſurément j'apprendrai avec grand plaiſir la défaite de ſes ennemis & de ſes vils calomniateurs. Je ferai toujours prêt d'atteſter la vérité par-tout & dans tous pays ; mais comme je ne puis quitter cette Ville pour long-temps, j'eſpère que vous triompherez ſans l'aide de mon faible ſecours. Je loue & admire beaucoup en vous votre grande & honnête façon de penſer, & vous ſouhaite tout le ſuccès que vous méritez.

J'ai l'honneur d'être, avec un reſpectueux attachement,

MONSIEUR LE COMTE,

Votre très-humble & très-obéiſſant Serviteur,

MAT. PLUNKETT.

A Paris, le 26 Juin 1783.

JE reçois dans le moment, Monſieur, la lettre que vous m'avez fait l'honneur de m'écrire de Dijon, en date du 17 de ce mois, & je m'empreſſe d'y répondre.

Je commandais à Valdaour, lorsque M. le Comte de Lally arriva à Pondichéry.

Ce Général, de retour de son expédition de Tanjaour, rendit à mon zèle la justice de me comprendre au nombre de ceux qui devaient faire le siége de Madras; j'y eus le bras cassé & fracassé d'un coup de feu, à l'affaire du 14, à la Ville Noire.

Cette blessure m'obligea de revenir à Pondichéry, d'où je m'embarquai en 1759, sur l'Escadre de M. le Comte d'Aché, pour passer à l'Isle-de-France, afin de pouvoir m'y rétablir.

Je vous assure, Monsieur, que pendant tout le temps que j'ai servi dans l'Inde, je n'ai rien vu qui puisse donner la moindre atteinte à l'honneur de M. votre père. Je n'ai éprouvé de sa part aucune injustice, & c'est mal-à-propos & sans aucun fondement qu'on vous a dit que j'étais du nombre de ceux qui l'ont calomnié.

Je vous prie d'être convaincu de la sincérité des sentimens avec lesquels j'ai l'honneur d'être,

MONSIEUR,

Votre très-humble & très-obéissant Serviteur,

DROMANNE FITZGERALD.

A Dijon, chez L. N. FRANTIN, Imprimeur du Roi. 1783.

TABLE
DES MATIERES·
TROISIÈME PARTIE.

Mon Père d'après l'état du procès ne pouvoit pas être bien jugé.

Fin de la Table.

Lettre écrite de Dijon au Roi par le
Cte de Lally-tolendal, après l'arrêt
rendu par le Parlement de cette Ville,
le 23 août 1783.

Sire,

La justice d'un Roi ne se lasse pas plus que la tendresse d'un
fils. c'est sous les auspices de Votre Majesté, c'est sous la
sauvegarde de la protection roiale qu'elle a daigné me
promettre, c'est enfin d'après son autorisation directe que j'ai
entrepris la justification de mon malheureux père : le Conseil
de Votre Majesté, après s'être convaincu de son innocence
autant que de l'illégalité de son arrêt, a cassé ce funeste
arrêt en 1778. renvoié alors au Parlement de Rouen, j'y ai
éprouvé la triste influence de l'esprit de corps, et les injustices
qu'il entraine : le Conseil de Votre Majesté a cassé huit
arrets de cette Cour en 1780. Ce même esprit de corps, ces mêmes
injustices m'ont poursuivi au Parlement de Dijon ; je viens
d'y essuier un arrêt aussi injuste et plus inconséquent
encore que celui du Parlement de paris. Chose incroiable,
Sire ! Sur douze voix (car c'est à quoi s'est réduite toute
la Grand'chambre assemblée du Parlement de Dijon) Sur

Douze voix, trois ont été pour déclarer mon père entièrement innocent, quatre pour blâmer sa mémoire, cinq
pour la condamner, et ce dernier avis a prévalu. toutes
les loix ont été violées. Point de nouvelle instruction.
faite. pas un seul vice de l'ancienne effacé; mille autres
ajoutés. Mon Raporteur l'a été malgré l'exclusion
que je lui avais donnée, que je lui avais Signifiée
à lui même. On a trouvé moien d'écarter des Juges
qui dans les premières Séances avaient paru s'élever
avec trop de force contre le méprisable ramas des
témoins entendus contre le Viceroi de l'Inde. Curateur
à la mémoire de mon père je n'ai pas Seulement
pû obtenir connaisance des accusations poursuivies
contre cette mémoire. je n'ai pas été interrogé Sur
un Seul des chefs dont on le déclare coupable dans
l'arrêt. le premier de ces chefs consiste à n'avoir pas
Suivi Ses instructions: Il y a au procès une lettre
du Ministre, Mr de Moras, qui le dispensait de les
Suivre: Votre Majesté peut, par ce Seul délit, apprécier
tous les autres. Parmi les trois Magistrats respectables
qui ont persisté jusqu'au bout à défendre courageu-
Sement l'innocence, Messieurs Gauthier, De Rochefort.
et De la Goutte, le premier, cousin germain de l'ancien
Evêque de Luçon, d'une famille où le mérite et la
Vertu Sont un bien patrimonial, connu lui même par

trente cinq ans des services les plus distingués, et révéré de toute la Province, criait aux Juges en pleurant et en leur tendant les bras : mais montrés moi donc un délit. Lorsqu'il a été question de sévir contre mes mémoires et de les déclarer faux parcequ'ils étaient trop vrais, il leur criait : montrés-moi donc un fait faux. le fanatisme l'a emporté; la fureur s'y est jointe. une voix a regretté que mon père ne pût pas renaître pour subir un second supplice. mes mémoires, Sire, des mémoires que j'avais produits au Conseil de Votre majesté, ont été lacérés, brûlés de la main du Bourreau.... je n'existerais plus, si l'équité suprême de mon maître, si ma confiance dans ses bontés ne me soutenaient. Je n'attends qu'une expédition de cet incroiable arrêt pour le déférer au conseil de Votre majesté. j'irai porter à vos pieds ma tête et les preuves de l'innocence de mon père. Sire, au nom de vos vertus ne retirez pas la main protectrice qui me soutient au dessus de l'abyme. Daignez dire un mot à M. le Garde des Sceaux, pour que les voies de la justice ne me soient pas fermées : hélas ! je lui avais prédit tout ce qui arriverait, s'il me renvoiait encore à un Parlement. Une confédération terrible cherche à m'écraser; mais Sire, il s'en faut bien que je sois seul. tous les serviteurs, tous les sujets de Votre majesté, voient leur cause dans la mienne. l'arrêt contre lequel je réclame

Votre équité a soulevé toute cette Province, tous ses ordres
étaient venus avec moi au Parlement le jour du jugement, porter le vœu de la Nation pour une cause qui
intéresse la sureté publique, mon deuil a été un deuil
général. Le Peuple pleure dans les rues; il a fallu armer
la maréchaussée pour exécuter cette odieuse lacération
De mes mémoires. Les Citoiens Sont venus en foule me
Dire: Vous nous devez vengeance ainsi qu'à votre père,
nous nous joignons à Ses manes pour vous la demander.
Ces détails Sont exacts, Sire, et les ministres de Votre
Majesté en Sont instruits, notamment m. le Comte de
Vergennes. Sire, mon père est innocent; il n'est point
De cachot dans lequel je ne me plonge, il n'est point
De Supplice auquel je ne Souscrive, Si je ne démontre pas
cette vérité. S'il était possible que M. le Garde des Sceaux
mandât par ordre de votre majesté, D'une part les trois
juges qui ont défendu l'innocence, De l'autre le
Raporteur qui l'a écrasée Sans pouvoir articuler un
Seul crime dans l'arret; S'il était possible au moins
qu'il leur demandât leur opinion écrite, que ces diverses
opinions fussent mises Sous les yeux de votre majesté,
pesées au poids de votre Sagesse et de votre équité
Souveraine; ah! Sire, quel triomphe pour la vérité!
quelle lecon pour la justice! quelle consolation
pour vos Sujets! quel Spectacle pour l'Univers! et
combien cet acte Sublime Serait digne et d'un Roi
tel que vous, et d'un Regne tel que le votre!...

je me jette aux pieds de mon maître, je les baigne de mes larmes et suis avec autant de respect que de désolation

Sire,

De Votre Majesté,

Le très humble, très obéissant très-fidèle, et non moins malheureux serviteur et sujet

À Dijon ce 25 août 1783.   signé Le Comte de Lally-tolendal

———————

Mémoire remis au Roi par le Cte de Lally-tolendal lorsqu'il a eu l'honneur de lui être présenté, et de lui offrir ses Écrits pour la Défense de son père le 31 août 1786.

Sire,

Avec tout le respect que je dois à mon maître, mais avec toute la confiance que je dois à ses vertus et à ses promesses, j'ose déposer aux pieds de Votre Majesté le fruit de mes veilles pour la réhabilitation d'une Mémoire chérie, digne de l'être, et trop longtems défi-gurée par la calomnie.

S'il m'est douloureux, Sire, d'offrir à vos regards

le triste monument d'une grande erreur et d'une grande injustice, il m'est doux au moins de songer que je leur présente en même tems le monument glorieux de la sagesse et de l'équité souveraines de Votre Majesté, de son gouvernement, de son Conseil.

Oui, Sire, ce sont ces mémoires qui ont déterminé votre Conseil à casser en 1778 l'arrêt de condamnation de mon malheureux père. Ce seront encore eux, je l'espere, qui, dans quatre jours, détermineront les mêmes dépositaires de Votre autorité suprème à frapper de la même proscription l'arrêt qui a renouvellé la même condamnation.

Lorsque ce dernier malheur est venu fondre sur moi, il y a trois ans, Votre Majesté a daigné me plaindre, elle a daigné exprimer le desir qu'il y eût un remède à un aussi grand mal. plus récemment encore elle a daigné se montrer touchée des sentimens qui m'animaient, pénétrée des obligations sacrées qui m'étaient imposées. Elle a voulu que des paroles de consolation et d'encouragement me fussent portées de sa part. Mr. le maréchal de Beauvau, vos ministres m'ont transmis à l'envi ces expressions bienfaisantes, dont ils étaient les dignes organes. Votre Majesté dans ce moment met le dernier sceau à tous ses bienfaits, en permettant que j'aie l'honneur de lui présenter mes mémoires. le lieu même où je les lui présente dépose de sa souveraine bonté pour moi, graces éternelles lui en soient rendues, et que le sang de l'homme juste, en criant vengeance contre ceux qui l'ont répandu, crie bénédiction à celui qui l'a honoré, et qui en a consolé, autant qu'il était en lui, les restes infortunés.

Sire, si lundi voit éclore un grand acte de justice, si l'arrêt de Dijon, non moins injuste et plus irrégulier encore que celui de Paris, est cassé comme lui, je demande dès aujourd'hui à Votre majesté la permission de tomber à ses genoux, et de lui présenter un mémoire pour obtenir de sa sagesse et de son humanité que le procès ne soit plus renvoié à un tribunal qui se trouve tout à la fois mon juge et ma partie. qu'il soit enfin un terme aux cabales et aux convulsions de l'esprit de corps. que ce zèle de la vérité, que cette soif de justice dont votre majesté est incessamment dévorée, ne soient par frustrées plus longtems. qu'après vingt ans de douleur, dix ans de travaux, je trouve enfin un repos qui ne sera toujours que trop empoisonné par le souvenir éternel d'un malheur irréparable, et que mon père, moi, tous les miens, nous dations notre réhabilitation de l'année où Votre majesté, allant jouir d'un spectacle grand et utile, a offert le spectacle bien plus grand encore d'un Roi envi= ronné de ses sujets comme un père de ses enfans.

marquant ses pas par ses bienfaits, répandant le
bonheur par ses seuls regards, et enivrant tout un
peuple d'amour et de félicité.

Je suis avec un très profond respect,

Sire,

De Votre Majesté

Le très humble, très obéissant
et très fidèle serviteur et sujet
signé le Comte de Lally-tolendal.

Versailles, ce 31 août 1786.